お髷番承り候四

傾国の策

上田秀人

徳間書店

目次

主な登場人物

深室《みむろ》賢治郎《けんじろう》　お小納戸月代御髪係、通称・お髷番。風心流小太刀の使い手。かつては三代将軍家光の嫡男竹千代（家綱の幼名）のお花畑番。

徳川《とくがわ》家綱《いえつな》　徳川幕府第四代将軍。賢治郎に絶対的信頼を寄せ、お髷番に抜擢。

徳川《とくがわ》頼宣《よりのぶ》　紀州藩主。謀叛の嫌疑で十年間、帰国禁止に処されていた。

松平《まつだいら》主馬《しゅま》　大身旗本松平家当主。賢治郎の腹違いの兄。

深室《みむろ》作右衛門《さくえもん》　深室家当主。留守居番。賢治郎の義父。

三弥《みや》　深室家の一人娘。賢治郎の許婚。

厳路《げんじ》和尚《おしょう》　賢治郎の剣術の師匠。

順性院《じゅんしょういん》　家光の三男・綱重の生母。落飾したが依然、大奥に影響力を持つ。

新見《にいみ》備中守《びっちゅうのかみ》正信《まさのぶ》　甲府徳川家の家老。綱重を補佐する。

桂昌院《けいしょういん》　家光の四男・綱吉の生母。順性院と同様、大奥に影響力を持つ。

牧野《まきの》成貞《なりさだ》　館林徳川家で綱吉の側役として仕える。

堀田《ほった》備中守《びっちゅうのかみ》正俊《まさとし》　奏者番。上野国安中藩二万石の大名。

松平《まつだいら》伊豆守《いずのかみ》信綱《のぶつな》　老中次席。かつて家光の寵臣として仕えた。

阿部《あべ》豊後守《ぶんごのかみ》忠秋《ただあき》　老中。松平伊豆守同様、家光の寵臣として仕えた。

第一章　寵臣の意義

一

松平伊豆守信綱《まつだいらいずのかみのぶつな》は、寛文《かんぶん》二年（一六六二）の正月を病床で迎えた。

「さすがにいかぬわ」

年賀の祝辞に訪れてくれた朋友阿部豊後守忠秋《あべぶんごのかみただあき》へ、松平伊豆守が嘆息した。

「小便が出ぬようになった」

「出ぬか」

「まったく出ないわけではないがな。常の量とは比べものにならぬ」

繰り返した阿部豊後守へ、松平伊豆守がうなずいた。

「小便など出なくともよいが、上様よりご病状をお問い合わせいただいたときに困るのだ。下の話を上様へお聞かせするわけにはいかぬ」

病気になっても松平伊豆守は四代将軍家綱《いえつな》のことを考えていた。

「隠し立てするわけにもいくまい」

ありのままに報告すればいいと、阿部豊後守が言った。

「儂《わし》のことで上様のお心をわずらわせることが、辛《つら》い」

「いろいろありすぎるからの」

阿部豊後守もため息をついた。

「で、なにがあった」

松平伊豆守が表情を変えた。

「病に伏しても、錆《さ》び付かぬな」

「忙しい小平次《こへいじ》が、病人のもとへなにもなしで来るはずなかろう」

苦笑する阿部豊後守へ松平伊豆守が言った。小平次とは阿部豊後守の幼名である。

三代将軍のお花畑番として同僚であった松平伊豆守と阿部豊後守は、未《いま》だ二人きりのおり、幼名で呼び合っていた。

「大納言どのが、江戸へ出て来られる」

「紀州公《きしゅう》がか」

松平伊豆守が眉《まゆ》をひそめた。

「昨日、出府の願いがあげられてきたわ」

阿部豊後守が告げた。

大名の参勤交代は国元一年、江戸表一年が決まりであった。領地が江戸に近い大名や遠すぎる宗対馬守《そうつしまのかみ》など、半年や二年間隔という特例があったが、ほとんど一年交代であった。また、決まりであるとはいえ、帰国、出府ともに幕府の許しを得なければならず、無断での交代は厳しく罰せられた。

「少し参勤の予定より早いが」

「今まで帰国禁止を言い渡し、江戸に足止めしていたのだ。帰国の予定を最初に狂わせたのは幕府じゃでな」

小さく阿部豊後守が首を振った。

「認めざるを得ぬか」

「ああ。止めるだけの理由がない」

二人は顔を見合わせた。

「なにをしでかすつもりであろうな」

「わからぬ。が、なにもないとは思えぬ」

松平伊豆守が目を閉じた。

「隠居させておくべきであった」

「繰り言を申すな」

気まずそうに阿部豊後守が横を向いた。

慶安四年（一六五一）、三代将軍家光《いえみつ》の死による混乱を狙って、由井正雪《ゆいしょうせつ》を中心とする浪人たちが、倒幕の動きを見せた。

訴人する者がいたおかげで、幸い謀叛《むほん》は未然に防がれた。首謀者由井正雪は久能山《くのうざん》東照宮を占拠しようと駿府《すんぷ》に出かけたところを捕り方に襲われ、自害して果てた。そのおり、押収された決起の計画書に、恐るべきことが書かれていた。

由井正雪の背後には、紀州徳川《とくがわ》大納言頼宣《よりのぶ》がいるとあったのだ。

ただちに松平伊豆守らは、頼宣を呼びだし、査問に掛けた。

「なにも存ぜぬ」

頼宣は疑いを一言で切って捨てた。

「由井正雪なる者は知っておるな」

松平伊豆守が詰問した。

老中には、加賀《かが》や島津《しまづ》などの大大名を呼び捨てにするだけの権威が与えられている。ましてて幼い将軍家綱の後見を任された松平伊豆守である。取り調べは御三家相手でも威丈高であり、厳格を極めた。

「家中の者が軍学を習いにいっていた人物であろう」

「面識は」

「一度、屋敷に来たおりに目通りを許した」

あっさりと頼宣は認めた。

「ならば、このたびの騒動も予《あらかじ》め聞かされていたであろう」

「愚かなことを言うな。一度会っただけぞ。そのような相手に大事を打ち明ける馬鹿はおるまい」

頼宣が否定した。

「ここに一味の計画書がある。江戸における行動を示したものである。これによると、まず浅草の煙硝蔵を爆破、城下を火の海にしたところで、紀州家の紋入り提灯《ちょうちん》を先頭に立てた一味が、紀州大納言上様のご身辺警固のため、登城すると叫び、江戸城へ侵入、我ら執政衆を誅殺した後、上様をとらえ奉《たてまつ》るとあるぞ」

さらに松平伊豆守が迫った。

「紋入りの提灯くらい、一両も出せば五つは作れよう。提灯ていどで罪に落とすなどすれば、政《まつりごと》の鼎《かなえ》の軽重が問われるぞ」

鼻先で頼宣が笑った。

「火のないところに煙はたたぬと言う。紀州の名前がこれだけ出るのだ。まったくかかわりがないとは言い切れまい」

松平伊豆守が扇子《せんす》で床を叩いた。

「おもしろいことを申すの」

頼宣の目が細くなった。

「由井正雪なる者は、尾張《おわり》家への仕官を斡旋《あっせん》するとして、浪人者を集めたと聞く。当然、尾張にも問うたのであろうな」

「これからじゃ」

「ほう。ならば、伊豆、そなたはどうなのだ」

「なにっ」

名前を出されて松平伊豆守が驚愕《きょうがく》した。

「計画を訴人してきた者を知らぬとは言うまいの」

「…………」

松平伊豆守が沈黙した。

「たしか奥村八左衛門《おくむらはちざえもん》とかいう名前であったはずじゃ。その者の兄権乃丞《ごんのじょう》は、伊豆の家臣であるよな」

「家中に奥村という者は、たしかにおるが。それがどうしたというのだ」

「おぬしも余と同じということだ。由井正雪を知っておったのだろう。知っていただけで罪ならば、そなたも咎《とが》められねばならぬ」

表情を引き締めて頼宣が返した。

「よろしゅうございましょう。わたくしも咎めを受けまする。川越《かわごえ》藩を潰《つぶ》しましょう。その代わり紀州藩も改易《かいえき》いたしまする」

淡々と松平伊豆守が言った。

「秀忠《ひでただ》公が言われただけのことはある。さすがは、家光公無類の忠臣よな」

頼宣が感心した。まだ小姓《こしょう》のころ、家光のしたいたずらの罪をかばった松平伊豆守は、秀忠から詰問や体罰を受けた。一昼夜縛り付けられて城の庭に放置するという、子供には辛い仕置きにも松平伊豆守は音《ね》をあげず、秀忠をあきれさせた。そのとき、秀忠が松平伊豆守のことを無類の忠臣と評した。

「しかし、執政筆頭が謀叛に加担となれば、上様にも傷が付く。それを覚悟のことだろうな」

「上様にはかかわりない」

松平伊豆守が突っぱねた。

「そうはいかぬよ。執政を任ずるのは上様である。当然、執政の失策の責は上様にとっていただかなくてはならぬ。そして、謀叛人を上様の傅育《ふいく》となされた家光さまにもな」

「なにをいうか」

かっと松平伊豆守が激した。

松平伊豆守にとって死した家光がすべてであった。松平伊豆守の出自は、関東郡代伊奈半左衛門《いなはんざえもん》の配下で代官職を務めている大河内《おおこうち》家であった。その代官の子として生まれた信綱は、六歳で叔父松平正綱《まさつな》の養子となった。それが、松平伊豆守の運を開いた。

ほどなく家光の小姓として側《そば》にあがると、すぐに手がつき、寵愛《ちょうあい》を受けた。のち、義父正綱に実子ができると、養家を出て独立、小姓組頭《こしょうくみがしら》、小姓番組頭から老中格、老中へとのぼった。所領も五百石から川越六万石まで増えた。

男と男の関係は、身体《からだ》の繋《つな》がりが途絶えたあとも続く。松平伊豆守は、家光から頼まれたからこそ、殉死せず、家綱の傅育を受けたのだ。でなければ、誰よりも早く腹を切って供をしていた。

「尾張、水戸《みと》が黙っておらぬぞ。いや、甲府《こうふ》、館林《たてばやし》のほうがうるさいやも知れぬ」

「…………」

松平伊豆守が黙った。

尾張、水戸は、家康《いえやす》の作った御三家の二つ、そして甲府は、家綱の弟綱重《つなしげ》、館林は末弟綱吉《つなよし》のことであった。

「そなたごときの薄い腹の皮一枚でどうにかなるものではないわ」

この場にいる大名のなかで、ただ一人戦《いくさ》を経験している頼宣の気迫は列席している一同を圧した。

「神君家康《いえやす》さまが、とくに徳川の名跡を許された御三家に手出しをするならば、それだけの覚悟をいたせ」

一座の誰もが反論できなかった。

「では、よいな」

「お待ちあれ」

立ちあがろうとした頼宣を、松平伊豆守が止めた。

「神君家康さまのお子さまであろうとも、幕府の決まりには従っていただかねばなりませぬ。まだ疑念が晴れたわけではござらぬ。よって、しばらく江戸にてお控えあるように」

「ほう」

頼宣が眼を細めた。

「国へ帰るなと申すか。わかった。それくらいならばよろしかろう」

「わたくしも同様、江戸におりますれば」

松平伊豆守が告げた。

「老中が江戸におるのはあたりまえではないか」

あきれた顔をして頼宣が、詰問の場から去っていった。

「あのときは、快哉《かいさい》を叫んだの」

懐かしそうに阿部豊後守が笑った。

松平伊豆守は足止めの期限を口にしなかった。もちろん、罠《わな》だった。それに気づかなかった頼宣がうかつであった。そのため頼宣は、じつに十年もの間、江戸から動くことができなくなった。藩主の不在は国元の不安をまねく。頼宣の足止めは、紀州藩に大きな陰となった。

「やり込められた振りをして、そのじつは咎めを与えた。おぬしは、本当に悪辣《あくらつ》であった」

「褒め言葉ではないな」

苦い笑いを松平伊豆守が浮かべた。

「思い出話はそこまでにしよう。どうも歳《とし》を取ると、昔のことばかり思い出す」

阿部豊後守が笑いを収めた。

「うむ。問題は紀州大納言どのの意図だな」

「まさか、また謀叛を」

「やりかねぬな。天下を欲しいと公言されたお方だ」

松平伊豆守が述べた。

家康から駿河《するが》五十五万石と優秀な家臣たちを譲られたとき、頼宣は最初拒んだという。

「天下をくれ」

そういって駄々をこねたと伝えられている。

「失礼ながら、秀忠さまも要《い》らぬことをしてくださった」

大きく阿部豊後守が嘆息した。

「あのまま駿府に置いていてくだされば、よかったものを」

うなずきながら松平伊豆守がぼやいた。

駿河五十五万石と家康の隠居城である駿河城を譲られた頼宣を、秀忠は警戒した。駿河は東を箱根、西を天竜川に囲まれた国自体が天然の要害である。箱根山と天竜川沿いに兵を配せば、天下の軍勢を集めたところで、そう簡単には落ちない。また駿河国は海に面しているおかげで、気候もよく冬も暖かい。物成りは豊かで表高五十五万石とはいいながら、そのじつ百万石に近い豊饒《ほうじょう》な地である。さらに海を使えば、南蛮諸国とのやりとりもでき、鉄砲や大筒などの手配も容易《たやす》い。

さらに家康をして、天下の将であると称賛を受けた頼宣を慕う大名は多い。東海道を上り下りする大名のほとんどが駿河で足を止め、頼宣と面談していく。

徳川にとって最大の決戦関ヶ原に遅刻した秀忠にしてみれば、不愉快きわまりない。不愉快ですめばいいが、もし頼宣が天下を狙って兵をあげれば、大名だけでなく、旗本にも同調する者は出かねない。

頼宣は、まさに秀忠にとって目の上のたんこぶであった。

秀忠は家康が死ぬと、頼宣を駿河から移そうと画策した。しかし、家康の子供を移すだけの領地がなかなか見つからなかった。

そのおり、豊臣《とよとみ》恩顧の外様《とざま》大名福島正則《ふくしままさのり》が、罪を得て広島から信濃《しなの》へと大幅減封のうえ、移された。

広島は九州四国の抑えでもあり、防長二州に閉じこめられた毛利《もうり》の目付役という重要な位置である。その広島が空《あ》いた。秀忠は、ここに紀州の浅野幸長《あさのよしなが》を配し、その後へ頼宣を入れようとした。

「駿河の城は、兄より賜《たまわ》りしものにあらず。父家康公より受け継いだもの」

内定を聞かされた頼宣は、一言で拒否した。

幕府にとって家康の名前は重い。たしかに、家康の遺言で駿河は頼宣のものとされたのだ。それを強行するのは、家康の価値を落とすに等しい。頼宣の抵抗は成功したかに見えた。

だが、秀忠はあきらめなかった。

秀忠は、紀州移転の使者として、頼宣の家老の安藤帯刀《あんどうたてわき》へ白羽の矢を立てた。

安藤帯刀直次《なおつぐ》は、姉川の合戦を初陣《ういじん》とし、その後の戦に活躍した三河譜代《ふだい》の武将である。

武辺だけではなく、駿河に隠居した家康の宿老《しゅくろう》として、秀忠の老中たちを抑えるだけの手腕を持ち、掛川城を預けられていた。

家康から頼宣の傅育を任され、駿河藩の筆頭家老として、その藩政を担っていた。

その安藤帯刀を呼びつけ、秀忠は紀州移転を命じた。

「難しゅうございまする」

当初安藤帯刀は、秀忠の命に首を振っていた。

「将軍が一度口にしたことを翻すなど、その信を失うもととなる。将軍が信を失えば、ふたたび天下は乱れる」

秀忠が説得した。

「家康さまが、躬《み》に将軍を譲られたのは、一日でも早く天下泰平を招くためであった。そのお考えを無にするか」

「なれど……」

なかなか安藤帯刀は了承しなかった。

「江戸城へ呼び出して、誅殺してもよいのだぞ」

業を煮やした秀忠が、ついに脅した。

「上様、それは」

安藤帯刀の顔色が変わった。

「頼宣に報《しら》せてもよい。国元へ戻るなり、江戸屋敷へ籠《こ》もるなり、好きにせよ。だが、いかに吾《わ》が弟といえども、江戸城への呼びだしを拒み続けることはできぬ。父の忌日法要もある。兵を連れて、父家康さまの墓前へ出ることはかなうまい。日光は遠いしの」

秀忠が小さく笑った。

「……まさか。それで家康さまの御遺骸を久能から、日光へと移されたのでございまするか」

大きく安藤帯刀が息をのんだ。

「死後は久能山に葬れ」

家康はそう遺《のこ》した。神君の言葉である。家康が永の眠りに就いたその夜、遺体はひそかに久能山へ運ばれ埋葬された。

その遺言はたった一年で破られた。

秀忠が、日光に家康の遺体を移したのであった。

生まれ育った駿河と三河を見下ろす久能山で眠ることを望んだ家康は、縁もゆかりもない日光へと運ばれ、あとには空《から》っぽになった廟と東照宮だけが残った。

「日光での法要、それを欠席したとあっては、いかに家康さまの息子といえども、咎めなしとはいかぬ。減封のうえ、遠国《おんごく》への転封は避けられまい。そうなれば、誰もかばってはくれぬぞ」

「………」

力なく、安藤帯刀が手を突いた。

「紀州へ移れ。さすれば、末代まで安堵《あんど》してくれる」

「……お忘れございませぬよう」

安藤帯刀が引き受けた。

傅育の家老に事情を聞かされ、白装束を裃《かみしも》の下に着た決死の覚悟で迫られては、頼宣もあきらめるしかなかった。

元和《げんな》五年（一六一九）、家康の死後から三年で頼宣は、駿河を奪われた。

執政となった松平伊豆守、阿部豊後守は、秀忠の宿老土井大炊頭利勝《どいおおいのかみとしかつ》から、事情を知らされていた。

「紀州を見張れ」

土井大炊頭は、頼宣の恨みをよく知っていた。

「あのまま駿河にあれば、大納言どのは、大人しくされていたであろうな」

「うむ。家康さまの残されたものが周囲にあるのだ。そのまま満足されたであろう」

松平伊豆守、阿部豊後守が嘆息した。

すでに豊臣は滅び、天下は徳川のものとなっていた。ようやく訪れた泰平に、国中が喜んでいたのだ。新たな戦いを起こそうにも、ついてくる者などいない。徳川に恨みを持つ外様大名は、九州や防州などの離れた地に追いやられ、兵を挙げたところで、江戸まで攻めのぼってくるには、手間とときと金がかかりすぎる。

頼宣が旗を振ったところで、それに同調する者が集まるのは難しい。それこそ各個撃破すれば、頼宣は孤立するしかなくなる。

「秀忠さまは、執念深いお方であったからな」

「家康さまの血じゃな」

二人が顔を見合わせた。

天下人となった家康だったが、豪放快闊な質《たち》ではなかった。どちらかと言えば陰湿であり、執念深かった。

幼少期今川義元《いまがわよしもと》のもとで人質になっていた家康は、今川家中の侮りをよく受けていた。とくに人質館の隣に住んでいた孕石主水元泰《はらみいしもんどもとやす》はひどく、家康の顔を見るたびに面罵《めんば》していた。その恨みを家康はずっと覚えていた。

後年、今川家滅亡の後、武田《たけだ》家へ随臣していた孕石主水が、家康による高天神城攻めで捕虜となった。

目の前へ孕石主水を引き出した家康は、過去の恨みを散々にぶつけた後、切腹させている。

「つまり、大納言どのも」

「しつこい」

阿部豊後守の後を松平伊豆守が受けた。

「もう一度、安藤家を使うか」

「無駄であろう。安藤家は帯刀直次どのの死後、二代目を継いだ直治《なおはる》はなにもするまもなく一年で、三代目の義門《よしかど》も承応《しょうおう》三年（一六五四）に死んでおる。四代目は傍系からの養子じゃ。とても大納言どのを抑えられるはずはない」

はっきりと松平伊豆守が首を振った。

「だが、なにもせぬよりはましであろう。我らが注視していると報せるだけでも、牽《けん》制《せい》になるはずじゃ」

「だの。では、儂が手紙を書こう。なにかあっても、儂の責にできる。死に行く儂じゃ。大納言どのの恨みも墓までは届くまい」

「すまぬな」

申しわけなさそうに阿部豊後守が詫《わ》びた。

「ふん。最初からそのつもりであったろうが」

松平伊豆守が苦笑した。

二

将軍家御座の間は、江戸城の中奥にあり、上段、下段の間と畳廊下である入り側からなっている。

入り側から城中廊下への出入り口には杉戸が設けられ、小納戸《こなんど》一人がその開け閉めのために控えていた。

この杉戸のなかに入れば、老中といえども家臣としての扱いとなり、将軍へ目通りを願うには、一度入り側で座って、家綱の許しが出るまで待っていなければならなかった。

「お鬐番《まげばん》か、上様のご機嫌はどうじゃ」

入り側で座っていた老中阿部豊後守が、御座の間から出てきた深室賢治郎《みむろけんじろう》へ問うた。

「ご機嫌麗しゅうございまする」

賢治郎は答えた。

「それは重畳《ちょうじょう》じゃ」

ほほえんで阿部豊後守が、御座の間へと進んだ。

代わって賢治郎は入り側へ腰を下ろした。

お小納戸月代御髪係《さかやきおぐし》、俗称お鬐番である賢治郎の任は、四代将軍家綱の鬐を調《ととの》えることである。将軍の身体《からだ》に刃物や鋏《はさみ》をあてることが許される唯一の役目であり、絶対の信頼を置かれる寵臣であった。

今でこそ六百石深室家の婿《むこ》養子であるが、賢治郎は幼いころ寄合《よりあい》旗本三千石松平《まつだいら》多門《たもん》の三男として、家綱のお花畑番を務めていた。

お花畑番とは、名門旗本の男子から選ばれる幼い将軍世子の遊び相手である。三代将軍家光でいうところの松平伊豆守や阿部豊後守であり、長じては将軍の寵臣として政に参画する腹心となった。

本来ならば賢治郎も、お花畑番から小姓、側用人と出世していくはずであった。しかし、父多門が死んだことで状況が変わった。家を継いだ異母兄主馬《しゅま》は、栄達の道にいる賢治郎を憎み、お花畑番を辞させたうえ、家格の落ちる深室家の婿養子に出したのだ。

その賢治郎を家綱が拾いあげ、お髷番とした。

こうして賢治郎は、ふたたび家綱の側近となった。

といったところで、任の性格から一日中とはいかず、早朝の小半刻（約三十分）だけしか、賢治郎は家綱の側にいられなかった。

家綱が賢治郎になにか命じようとすれば、一々控えに戻っている賢治郎を呼び出さねばならない。どうというほどの手間でもないが、あまり一人の小納戸を呼び出すのは問題であった。他の小姓や、小納戸たちを信用していないと見えるからである。

そこで賢治郎は、御髪の調子にご不満があったときのためと称し、お昼まで入り側に詰めることにした。

「上様におかれましては、ご機嫌麗しく、臣豊後守恐悦至極に存じまする」

御座の間下段へ入った阿部豊後守が頭を下げた。

「そなたも健勝そうでなによりだ」

家綱が応じた。

「本日は、三つの案件のご裁可を願いまする」

用意してきた書付《かきつけ》を阿部豊後守が、小姓に手渡した。小姓が上段の間まで運んだ。

「まず一つめは、日光東照宮の修繕について、日光奉行より……」

阿部豊後守が説明を始めた。

「……以上でございまする」

三つの案件を終えて、阿部豊後守が平伏した。

「うむ。ご苦労であった」

書付に花押を入れながら、家綱がねぎらった。

「豊後よ。伊豆の様子はどうじゃ」

「ご心配をいただき、伊豆守に代わって御礼申しあげまする。昨日、伊豆の見舞いに参りましたが、思いの外に元気でございました」

「そうか。ならばよいが。伊豆ももう歳ゆえに気になる」

家綱の表情が曇った。

松平伊豆守と阿部豊後守は、家綱にとって格別の相手であった。

それこそ、物心つく前から傅育として仕えてくれたのだ。家綱は真摯《しんし》に松平伊豆守のことを気遣っていた。

「なにか見舞いの品をやりたいが、なにを伊豆は喜ぼうか」

家綱が問うた。

「お言葉だけで喜びましょう。上様よりなにかを拝領するとなれば、松平家もそれ相応の準備をいたすこととなりましょう」

「かえって伊豆に無理をさせるか」

「ご明察にございまする」

阿部豊後守が家綱を褒めた。

「ならば、奥医師を遣わす。これくらいはよいな」

なにもしないというわけにはいかないと、家綱は将軍家とその家族だけを診る奥医師を、松平伊豆守のもとへ派遣すると言った。

「けっこうかと存じまする」

大きく阿部豊後守が首肯《しゅこう》した。

「ならば手配をいたせ」

「承知いたしましてございまする」

受けたのは小納戸頭取であった。

「他になにかあるか」

家綱が問うた。

「紀州より出府の届けが出ておりまする。支障なきゆえ、許しを与えました」

思い出したように阿部豊後守が言った。

「わかった」

気に留めた風もなく、家綱が許した。

「ご苦労であった」

家綱が阿部豊後守の退出を認めた。

「待たせたようじゃの」

御座の間から出た阿部豊後守が、外で待っていた奏者番《そうしゃばん》堀田《ほった》備中守《びっちゅうのかみ》正俊《まさとし》へ声をかけた。

「いえ」

短く堀田備中守が返した。

「兄は元気か」

「のように聞いております」

苦い顔で堀田備中守が答えた。堀田備中守の兄は、家光の寵臣で殉死した堀田《ほった》加賀《かがの》守正盛《かみまさもり》の跡を継いだ正信《まさのぶ》のことだ。佐倉藩主となった正信は、なにを思ったか万治《まんじ》三年（一六六〇）幕政批判の建白書を提出、無断で帰国した。許しなく江戸を離れるのは重罪であった。本来ならば切腹となるが、父正盛の功績をもって、所領没収のうえ信濃《しなの》飯田《いいだ》藩への預けとなった。

「そうか。ならばよい。身を慎んでいれば、また日を見ることもあろう」

「お心遣い感謝いたしまする」

ていねいに堀田備中守が礼を言った。

「いかんな。歳を取ると、話が長くなっていかぬ。備中の手を止めた」

詫びを口にして、阿部豊後守が去っていった。

「ふざけたことを」

小さく罵《ののし》りながら、堀田備中守が阿部豊後守の背中をにらみつけた。問題のある正信の行動ではあったが、幕閣の一部には同情論もあったのだ。それを押さえつけたのが、松平伊豆守であった。情実で罪を動かすべからずと主張した松平伊豆守を阿部豊後守は制しなかった。家光が生きていたころは、堀田家と松平家、阿部家は親しくつきあっていたのだ。それを冷たく切り捨てた。幸い、正信の弟たちに連座は及ばなかったが、一つまちがえれば、堀田備中守も改易の憂き目にあっていたかもしれなかった。そのときの恨みを堀田備中守は忘れていなかった。

「備中守どの」

動こうとしない堀田備中守へ、小姓組頭が声をかけた。

「あ、ああ」

堀田備中守が、反応した。

「上様がお待ちでございまする」

「そうであった」

あわてて堀田備中守が御座の間へと進んだ。

奏者番とは、将軍へ目通りを願う者の紹介、献上品の披露などを担当する。譜代大名から選ばれるが、数百をこえる大名家の当主の名前やその歴史などに精通しなければならず、優秀な者でなければなれなかった。奏者番から寺社奉行《じしゃぶぎょう》を経て、若年寄、京都所司代などへと出世し、執政になる者も多い。譜代大名あこがれの役目であった。

「上様におかれましては、ご機嫌麗しく、備中守祝着至極に存じまする」

「うむ」

まったく同じ挨拶に、家綱が辟易《へきえき》とした顔をした。

「備中、目通りか」

家綱が先回りした。

「畏《おそ》れ入りまする」

堀田備中守が、一礼した。

「蜂須賀阿波守《はちすかあわのかみ》、帰国の挨拶に参っておりまする」

用件を堀田備中守が述べた。

「そうか。阿波守が国へ帰るか」

「お出ましを願いまする」

「わかった」

家綱がうなずいた。

「上様、ご動座」

小姓組頭が、声を張りあげた。

「先触れを」

「承《うけたまわ》った」

御座の間が一気に喧噪《けんそう》に包まれた。

家綱が前後を小姓に挟まれながら、御座の間から入り側へと姿を現した。

「ははっ」

入り側に控えていた小納戸が平伏した。

「…………」

無言で家綱が通り過ぎていった。

「上様がお戻りになられるまでに、おさおさお役目怠りなきように」

小納戸頭取が命じた。

「はい」

御座の間での雑用を担当する小納戸たちが動き出した。家綱が使う筆などの道具類などの点検をすませるためであった。

「蜂須賀どのか。ならば黒書院だな」

すでに役目を終えている賢治郎は、一人入り側で呟《つぶや》いた。

将軍の職務の一つに、参勤交代する大名の挨拶を受けるというのがあった。

その挨拶の場は大名によって変わった。

御三家、会津松平は、御座の間まで入れるが、他の大名たちは、黒書院、または白書院での拝謁であった。

蜂須賀家は黒書院になる。

黒書院でも格式によって大きく違った。国持ち大名、あるいはそれに準ずる家格の大名は、黒書院下段の間まで進むことができた。

もちろん、挨拶をするだけとはいえ、儀式である。細かいところまですべて決められていた。式次第は、奏者番の指示で動くとはいえ、黒書院下段の間上《かみ》には大目付、目付が控え、大名の一挙一動に目を光らせている。少しでも齟齬《そご》があれば、下城停止を命じられ、厳しい叱責を受けることになった。

大名たちは、その咎めを避けるため、奏者番への付け届けは欠かさなかった。儀式次第をまちがえそうになったとき、奏者番に小声で教えてもらうためである。

「上様、御着座なされてございまする」

小姓頭から報告を受けた堀田備中守が、顔を黒書院下段の間襖外《ふすまそと》に向けた。

襖外には、蜂須賀阿波守がすでに控えていた。

「備中守どの」

「…………」

囁《ささや》くような声ですがってくる蜂須賀阿波守へ堀田備中守が小さくうなずいて見せた。

「蜂須賀阿波守、国入りのご挨拶にまかりこしましてございまする」

堀田備中守が声を出して、儀式が始まった。

「それへ」

黒書院上段で家綱が言った。

「思《おぼ》し召しである。阿波守、進むがよい」

「はっ」

蜂須賀阿波守が膝行《しっこう》で、黒書院下段の間へと入った。

「それにて控えよ」

下段の間中央の手前まで進んだ蜂須賀阿波守を、堀田備中守が制した。

「ははあ」

大仰な仕草で、蜂須賀阿波守が平伏した。

「上様におかれましては、ご機嫌麗しく……」

畳に額を付けたまま蜂須賀阿波守が口上を述べた。

「……国元へ戻るころとなり、お暇《いとま》を頂戴《ちょうだい》いたしたく、伏して願い奉りまする」

蜂須賀阿波守が、言い終えた。

「寛々休息するように。馬を」

家綱が、下段の間上右隅に控えていた老中稲葉美濃守正則《いなばみののかみまさのり》へ目で合図をした。

「……………」

無言で一礼して、稲葉美濃守が、上段の間敷居際に置かれていた三宝を取った。そのまま膝《ひざ》でするようにして、蜂須賀阿波守のもとへ近づいた。

「賜る」

稲葉美濃守が三宝を差し出した。

「……………」

ちらと目を送った蜂須賀阿波守に堀田備中守がうなずいた。

「頂戴されよ」

両手で三宝を受け取り、蜂須賀阿波守が一度目の上へ掲げてみせた。

「ありがたく頂戴いたしまする」

これで儀式は終わった。

平伏し続けている蜂須賀阿波守を残して、家綱が黒書院上段の間から去った。

「阿波守どの。つつがなきでござるな」

大目付が、笑いかけた。

「かたじけない」

蜂須賀阿波守がようやく顔をあげた。

「では、ごめん」

目付を促して大目付が出て行った。

「備中守どの。おかげをもちまして……」

喜びを露《あら》わに蜂須賀阿波守が、礼を述べた。

「まず目録をおしまいなされよ」

堀田備中守が、忠告した。

目録には、馬一匹と道中の諸費用として銀三十枚を与えると書いてあった。これは国持ち大名以上が江戸を離れるときの恒例であった。

「左様でございましたな」

言われた蜂須賀阿波守が目録を懐《ふところ》へ仕舞った。

馬をこの場で用意するわけにはいかない。馬は後ほど馬預かりの駒井《こまい》家から蜂須賀家上屋敷まで届けられた。

「それでは、拙者《せっしゃ》はこれで」

用件はすんだと堀田備中守が歩き始めた。

「後日あらためて御礼に参りまする」

蜂須賀阿波守が、追いかけるように礼を言った。

「やれ、肚《はら》のないことよ」

黒書院を出たところで、堀田備中守が呟いた。

「一国の主《あるじ》ならば、もう少し堂々としておかねばの。それが幕府の咎めを受けたくないと汲々《きゅうきゅう》としておる。外様大名どもは、狼から飼い犬へなりさがっておる」

堀田備中守が吐き捨てた。

「まあ、譜代大名も同じよな。兄のような気概を持った者はもうおらぬ」

奏者番の控えである芙蓉《ふよう》の間へ向かいながら、堀田備中守が独りごちた。

「備中守さま」

芙蓉の間の前で堀田備中守が呼び止められた。

「おう。主馬どのではないか」

声をかけたのは、旗本寄合三千石、松平主馬であった。

一瞬眉をひそめた堀田備中守だったが、すぐに笑みを浮かべた。

「お役目でございましたか」

主馬が近づいてきた。

「阿波守どののご帰国のお披露目でな」

「それは、お役目お疲れさまでございまする」

「いやいや。貴殿こそ、日参されておられるの」

ねぎらう主馬へ、堀田備中守が述べた。

寄合旗本とは、おおむね三千石以上の名門旗本で無役の者をいう。格式が高いだけに、任じられる役目は大目付や留守居、大番組頭などとそれほど多くないため、無役の期間が長い。

「お願いしておりますことは」

主馬が小声で問うた。

「なかなか空きがござらぬでな。貴殿ほどのお方を遊ばせておくのはもったいないとわかっておるのだが」

堀田備中守が首を振った。

松平主馬は、堀田備中守に取り入ることで、寄合から脱し、勘定奉行、もしくは町奉行への就任を願っていた。しかし、ともに幕府のなかでも激務であり、目付や遠国《おんごく》奉行などで経験を積んだ者でなければ、任じられなかった。

「松平の名前を冠する者として、御上のお役に立つことこそ、望みでございまする。なにとぞ、よしなにお願いを」

深く松平主馬が頭を下げた。

堀田備中守は、松平伊豆守、阿部豊後守とともに三代将軍家光の寵愛を受けた堀田正盛の子であった。家光に殉死した正盛の血筋は幕府でも一目おかれ、まだ奏者番でしかない堀田備中守へ誼《よしみ》を願う者は多い。

「わかっておりまする」

首肯した堀田備中守が、話を変えた。

「そういえば、貴殿の弟御は、お小納戸でござったな」

「愚弟がなにかしでかしましたか」

言われた主馬が嫌な顔をした。

「いや、上様のお側近くにお仕えしておられるゆえ、なにかとの」

わざと堀田備中守が言葉を濁した。

「……御座の間での話を聞いておるのではないかと」

すぐに主馬が理解した。

「………」

堀田備中守が無言で主馬を見た。

「くっ」

主馬が頬《ほお》をゆがめた。

「遣えるものは何でも遣う。そうでなければ、政はできませぬ」

小声で堀田備中守が諭した。

「なにも町奉行や、勘定奉行だけが、政にかかわる手段ではございますまい。大名になれば、側役、若年寄、いや老中も夢ではなくなりますぞ」

「……大名」

大きな音を立てて、主馬が唾《つば》を飲んだ。

「さよう。松平伊豆守どのも、阿部豊後守どのも、我が父堀田加賀守も、皆小身から大名へと成り上がったのでござる。貴殿ができぬと誰が言えましょう。それこそ、弟御ならば、上様の寵愛も深いゆえ、難しいことではございますまい」

「賢治郎……」

主馬が歯がみをした。

「しかし、それには、なにかしらのお手柄が要りましょう。それこそ、慶安の事件と同じような」

「由井正雪の乱……」

「でござる。謀叛をおさめれば、十分な手柄になりましょう。しかし、他の者に先をこされては意味がございませぬ」

「そのために、上様のお側での話を知る」

「…………」

黙って堀田備中守が首肯した。

「手柄の主はわたくしがいただきましょう。その功績をもってわたくしは老中になる。そして、主馬どの、貴殿は大名へ」

「む、むうう」

主馬がうなった。

「道具に嫉妬する人はおりますまい。どれほど鉄砲がすごくとも、貴殿が引き金を引かない限り、威力を発揮することはない。なにより、鉄砲の狙いをつけるのは、貴殿なのだ」

「……道具。賢治郎は道具」

口のなかで主馬が繰り返した。

「では、御用がござるゆえ、拙者はこれで」

主馬を廊下に残して、堀田備中守が芙蓉の間へ消えた。

三

家綱が黒書院から戻ってくるのを見て、賢治郎は御前を下がった。

本来小納戸の役目は、宿直《とのい》番、明け番、非番の三交代であった。一昼夜の宿直をなし、翌日の午前中に引き継ぎや後片付けなどをおこない下城、翌日は丸一日の休養日を過ごす。しかし、本来複数人で交代するお髷番が、賢治郎一人となった今、賢治郎に非番はなくなった。その代わり、午前の勤めを終えれば、そのまま屋敷へ戻ってもよかった。

「お先に」

昼餉《ひるげ》の準備で、人の出払っている小納戸下部屋で、誰に言うでもない挨拶をして、賢治郎は下城した。

「若殿さま」

江戸城を出た大手前広場で、中間《ちゅうげん》の清太《せいた》が待っていた。

清太は、賢治郎がお髷番として出ることが決まって付けられた中間であった。

「手ぶらなのだ。別によいものを」

迎えに来てくれた清太へ、賢治郎はほほえんだ。

食事も夜具も自前と決められている幕府役人の宿直番明けの荷物は多い。そのために中間が挟み箱を持って送り迎えするのだ。しかし、泊まり勤務を免除された賢治郎の荷物は少ない。いや、昼餉さえ屋敷で摂《と》るようになって、弁当箱さえ要らなくなった賢治郎は、何一つ持たずに登下城する。

「とんでもございませぬ。供なしなど、ご身分にかかわりまする。本来ならば、わたくしだけでなく、家士お一人をお連れになるべきでございまする」

清太が首を振った。

旗本には石高家格で外出するときの格好や、供する人数が決められていた。六百石の深室家ならば、馬に乗り、槍《やり》持ち一人、家士一人、挟み箱持ち一人、草履《ぞうり》取り一人を用意しなければならなかった。しかし、賢治郎は小納戸月代御髪という役目に就いているとはいえ、深室家の当主ではなく、跡継ぎでしかない。跡継ぎに当主の格は適応されない。賢治郎は、徒《かち》で清太だけを連れていた。

「ご当主さまはお戻りか」

「あいにく、わたくしがお屋敷を出るまで、お戻りではございませなんだ」

清太が首を振った。

深室家の当主作右衛門《さくえもん》は、留守居番を務めていた。

留守居番は、老中支配千石高で、城内及び大奥の警備を担当した。六百石の深室家には過ぎた役目である。これは、作右衛門が賢治郎を引き取る代償として、松平主馬から与えられたものであった。

本来ならば、役目に就くとその高まで家禄を加増されるのだが、裏の事情を松平伊豆守や阿部豊後守が知っているため、深室家は未だ六百石のままに据え置かれていた。それも作右衛門にとっての不満であり、賢治郎へ辛くあたる一因であった。

「そうか」

屋敷まで賢治郎は無言であった。

「お帰りでござる」

門前で清太が声をあげた。

旗本屋敷の大門は、上使、あるいは来客、当主の出入りのときだけ開けられる。役目に就いたことで、賢治郎の登下城でも開けられるようになった。

「お帰りなさいませ」

玄関式台に、三弥《みや》が座っていた。

三弥は作右衛門の一人娘であった。賢治郎は三弥の娘婿として深室家へ迎えられていた。

寄合旗本三千石、将軍家にも連なる名門松平家の三男なれば、婿養子の先も選り取り見取りのはずであった。

それこそ、一万石や二万石の大名家へ養子に行ってもおかしくはなかった。それが、旗本とはいえ、かなり格下の深室家へやられたのは、兄主馬の策略であった。

正室から産まれた嫡男であった兄は、父の寵愛を受けた女中出身でしかない側室の子である賢治郎を嫌っていた。その賢治郎が、次期将軍の寵臣となり、出世していくことに耐えられなかったのだ。

松平家との縁を作ることで立身を願った深室作右衛門と、弟を家から追い出し、出世の道を断ちたい松平主馬の思惑が一致し、賢治郎は深室三弥の婿となった。

「ただいま戻りましてございまする」

玄関土間で賢治郎が帰邸の挨拶をした。

「父が呼んでおりまする」

「義父上《ちちうえ》が……御用はなにかご存じでは」

「知りませぬ」

三弥が首を振った。

先だって、松平主馬から賢治郎の排斥を命じられた作右衛門は、離縁を宣した。それに三弥が反発した。三弥は賢治郎とともに屋敷を出ると言い返し、作右衛門を押さえこんだ。その後、作右衛門と賢治郎は、互いにその話には触れぬようにしている。だけでなく、ずっとともにしてきた朝夕の食事をあれ以降、作右衛門は避けていた。

「ただ、つい半刻（約一時間）ほど前に、松平の義兄上《あにうえ》さまがお出でてございました」

「兄上が……なにをしに」

賢治郎は、嫌な予感がした。

「なんでもよろしゅうございましょう。あなたさまのお気持ちさえ固まっておられれば」

にらみつけるような目で、三弥が言った。賢治郎と出て行くと宣していらい、三弥の言動は、いっそう厳しくなっていた。

「はあ」

賢治郎はあいまいな答えを返すしかなかった。

「お急ぎなさいませ。お部屋のほうに昼餉の用意をいたしておきますれば」

三弥が促した。

「…………」

賢治郎は、作右衛門の居室へと向かった。

「お呼びとうかがいました」

廊下に膝をついて、賢治郎は声をかけた。

「帰ったか。入れ」

なかから作右衛門が招いた。

武家において当主は絶対であった。たとえ嫡男であろうが、正室であろうが、許しなく居室へ足を踏み入れることはできなかった。

「ただいま戻りましてございまする」

居室の隅、襖際で賢治郎は一礼した。

「うむ」

作右衛門がうなずいた。

「上様のご機嫌はいかがであった」

「おうるわしゅうございました」

「それは重畳」

なかなか作右衛門は本題に入らなかった。

「……………」

ついに作右衛門は黙った。

しばらく待った賢治郎だったが、沈黙に耐えかねた。

「義父上」

「賢治郎、儂には小納戸と小姓の経験がない」

ようやく作右衛門が口を開いた。

深室家は、大番組や書院番など、武をもって仕える番方の筋であった。作右衛門も大番組を経て書院番、そして留守居番と番方を歴任していた。このなかでもっとも将軍に近いのは書院番であるが、書院番は将軍の外出と江戸城諸門の警固を任とするため、あまり家綱に近くはなかった。

「はあ」

なにが言いたいのか賢治郎にはわからなかった。

「そなたは毎日上様のお側に侍《はべ》る。御座の間に詰めるというのは、どのようなものだ」

「緊張しておるだけでございまする」

迷うことなく賢治郎は答えた。

旗本にとって将軍は主である。主は武家にとってなによりも大切であり、畏怖《いふ》すべき相手であった。

「それでも、誰が来たかはわかっておろう」

重ねて作右衛門が言った。

「それくらいは」

「では、話の内容はどうだ」

「……義父上」

賢治郎は、表情を変えた。

「聞こえるかどうかを問うておる」

にらみつける賢治郎に負けまいと作右衛門が声を荒げた。

「お側近くで仕える者は、見聞きしたことを他言せぬとの誓詞を入れておりまする。それを承知のうえで訊《き》かれるか」

賢治郎は口調を厳しくした。

「そなたの考え一つで、深室の家が栄えるかどうか決まるのだ」

作右衛門が目をそらした。

「潰すことになりまするぞ」

小納戸が御座の間でのことを外で話したとわかれば、無事ではすまなかった。目付に呼び出され、厳しく取り調べられる。その結果、お役ご免ですめばよし、まず改易はまちがいない。

繁栄どころか没落するだけだと、賢治郎は脅した。

「大事ない。そのあたりは、守っていただける」

あわてて作右衛門が述べた。

「兄でございますな」

賢治郎は確認した。

「話を持ってきてくれたのは、たしかに松平さまだ。しかし、もとはもっと上のお方からことは出ている」

「上……」

作右衛門の言葉に、賢治郎は問いなおした。

「お名前は儂も知らされておらぬ。だが、いずれは松平伊豆守さまのようになられるお方だそうだ」

「…………」

賢治郎は城中で見る執政たちの名前を思い浮かべた。しかし、松平伊豆守ほどの気迫ある人物には思いあたらなかった。

「言い忘れていたが、これは、そのお方の私利私欲のためではない。幕府のため、ひいては上様のおためになることなのだ」

「上様の……」

脳裏にあった執政の顔を振り払って、賢治郎は問い直した。

「うむ。慶安の変を覚えておるか」

「もちろんでございまする」

賢治郎はうなずいた。すでに家綱のもとを離れてはいたが、忘れられる話ではなかった。

「あのようなことが二度と起こらぬようにするためじゃ」

「おっしゃる意味がわかりませぬ」

作右衛門の言いぶんを賢治郎は理解できなかった。

「慶安の変に紀州公がかかわっておられたとの噂は知っておるな」

「根も葉もない噂でよろしければ」

賢治郎は、あくまでも噂とした。御三家の紀州家に傷を付けるような言動は、将軍側に仕える者として避けるべきであった。

「噂ではあるが、そのおそれはあった。当時、上様が幼いと危惧《きぐ》する輩《やから》は少なからずいた」

「上様を侮るなど……」

家綱の悪口を言われた賢治郎は激した。

「落ち着け。儂が言ったのではないわ。ただ、そういう話があればこそ、慶安の変は起こったと考えるべきだ」

「……はい」

たしなめられて賢治郎は引いた。

「ですが、今はもう上様は立派に将軍として」

「わかっておる。上様に不足を申し立てるような輩は、おるまい。ただ……」

「ただ……」

作右衛門の間に賢治郎が首をかしげた。

「今年、幕政に大きな穴が開く」

「穴が……まさか」

賢治郎は気づいた。

「そうじゃ。先代さまからご当代さまのご治世を担ってきた松平伊豆守さまはもう……」

最後まで作右衛門は言わなかった。

「………」

なんとも賢治郎は言えなかった。

賢治郎は松平伊豆守と面識があった。最初の出会いは、家綱の遊び相手としてお花畑番をしていたときであった。そして、お髷番になって家綱の側へ戻った賢治郎に、松平伊豆守は、寵臣としての心得を教えてくれた。

松平伊豆守は、賢治郎にとって師であった。

「天草の乱を治め、慶安の変を未然に防ぎ、明暦の火事の復興を成し遂げた幕政最高の功臣が、いなくなる。その影響ははかり知れまい。御用部屋の動きも停滞しよう。諸大名たちの動揺も避けられまい」

「その隙《すき》を狙う者がいると」

賢治郎が確認した。

「なにもないかも知れぬ。だが、無視してよい話ではあるまい。上様の治世に、万一の傷を付けてはなるまい」

「はい」

「そのために、御座の間の様子がいるのだ。誰が出入りし、なにを話したか」

「繋がりが見えませぬ」

そこへ話が行く理由がわからないと、賢治郎は言った。

「わからぬのか。慶安の変で名前の挙がったのは、紀州家じゃ。そして今の外様大名たちに、倒幕をするだけの力はない」

「それはわかりまする」

賢治郎は首肯した。幕府を倒すというのは、徳川家をどうこうするというだけではすまないのだ。日本中に散らばっている譜代大名も抑えなければならない。加賀前田《まえだ》百万石でも無理である。まして、九州、加賀、四国、中国、奥州と外様の大大名は離されているのだ。手を組むこともできない。それで、幕府を倒すなどできる話ではなかった。

「では、誰が天下を狙うか。近しい者であろう。お世継ぎのない上様である。上様に万一があれば、誰が将軍となる」

「万一など……」

「たとえ話じゃ。怒鳴るな。うるさい」

憤った賢治郎を、作右衛門が叱りつけた。

「考えてみい。誰が将軍位を継げるのか」

「……甲府公、館林公、御三家の尾張、紀州、水戸のご当主」

少し落ち着いた賢治郎は、数えあげた。

「あと越前《えちぜん》公もな」

越前松平家は、家康の次男秀康《ひでやす》を祖とする。血統だけでいうならば、三男の秀忠の系統である将軍家より高い。

「これだけの者が、将軍の地位を狙っている。そう考えなければならぬ」

「…………」

賢治郎は反論できなかった。

「もちろん、江戸へ向かって兵を出すようなまねは、してくれぬ。簒奪《さんだつ》は、いつも、目立つことなく、ひそかに進み、ある日突然牙《きば》を剝《む》くものだ」

作右衛門が、賢治郎を見た。

「だが、その兆候はかならずある。野心を持つ者は、どこかで馬脚をあらわすはずだ。家康公の血を引くとはいえ、上様へ弓引くのだ。心穏やかでおられるはずはない」

「はい」

「とくに上様を前にすれば、いっそう顕著になろう。それを見つけ出そうというのだ」

「見つけ出してどうすると」

賢治郎が問うた。

「ことを起こされてしまえば、お助けのしようはない。謀叛は大罪である。九族まで皆殺しが法。しかし、まだなにもしていなければ、どうにでもできる。藩主の座を降りていただくことにはなろうが、表沙汰《おもてざた》にせず終わらせる。将軍の身内から火が出たなどと言えるはずはないからな」

対処を作右衛門が説明した。

「わかったか。上様のためであるというのが」

「…………」

否定を賢治郎はできなかった。

「今すぐ返事をせいとは言わぬ。だが、いつ伊豆守さまに異変があるやも知れぬのだ。余裕はないと思え。下がっていい」

作右衛門が賢治郎へ手を振った。

「ごめん」

賢治郎は、作右衛門の居室を後にした。

四

「ずいぶんと長いお話でございました」

部屋で三弥が待っていた。

「……昼餉でございますか」

膳《ぜん》の上に置かれているものを見て、賢治郎は息を吐いた。

武家の昼餉は質素である。朝炊いたご飯の残りと味噌汁《みそしる》、漬けもの、野菜の煮物でもつけばごちそうである。

「食欲がございませぬ」

賢治郎が首を振った。

「父になにを言われたのでございまするか」

厳しい目つきで三弥が訊いた。

「お役目のことでござる」

そう言って賢治郎は三弥の介入を拒んだ。

「……お役目」

三弥が冷ややかな声を出した。

「そう言えば、女子供は黙るとでも思われましたか」

「なにっ」

賢治郎は、顔をあげた。

「父と賢治郎さま、あなたではお役目の質が違いましょう。父があなたさまへお役目のことについて話すはずはなく、話せるはずもございませぬ」

「うっ……」

「松平主馬さまが来られたこと。父が避けていたあなたさまを呼んだこと。この二つを考えれば、父の話など予想がつきまする」

小さく三弥が笑った。

「相変わらず人を道具と考えておられる」

「…………」

三弥の言葉に、賢治郎は絶句した。

「賢治郎さま。あなたさまは、深室の婿である前に、松平の三男である前に、上様の臣である。そうおっしゃったのではございませぬか」

「……たしかに」

賢治郎は思い出した。

先日、深室の家から出て行くか、役目を引くかと言われたとき、賢治郎は役目を選んだ。愛してくれた父を失い、頼るべき実家もなくなった賢治郎にとって、家綱こそすべてであった。

「その賢治郎さまに、わたくしはついていくと申しあげました。お忘れではございますまいな」

「覚えておりまする」

ふたたび厳しい目つきで睨《にら》まれた賢治郎は肯定した。

「ならば、そのような顔で食欲がないなどと言われまするな。あなたがなすべきは、上様のお役に立つことなのでございましょう。そしてわたくしのするべきは、あなたさまを支えること」

「かたじけない」

活を入れられた賢治郎は詫びた。

「では、お召し上がりを」

三弥が給仕をした。

まともな武家で女が食事の給仕をすることはなかった。松平家ではもちろん、深室家でも賢治郎の世話は、いつも家士がしていた。

それがいつのまにか、三弥の仕事になっていた。

「馳走でございました」

賢治郎は飯を三膳お代わりして、昼餉を終えた。

「少し出て参りたいと思いまする」

食後の白湯《さゆ》を喫しながら、賢治郎は伝えた。

「どちらまで」

「上総屋《かずさや》へ」

問われて賢治郎は素直に答えた。

「いってらっしゃいませ」

なにも言わず、三弥が認めた。

屋敷を出た賢治郎は、日本橋の髪結い床上総屋辰之助《たつのすけ》を訪れた。

「おや、旦那。お久しぶりでございまする」

すぐに辰之助が気づいた。

「待たせてもらっていいか」

「どうぞ」

江戸で名人と評判の上総屋は、いつも混《こ》んでいた。

「仲間に入れてもらおう」

賢治郎は、待合《まちあい》の座敷へあがった。

「奥へお入りなさいやし」

顔見知りの客が、席を空けてくれた。

「すまぬな」

遠慮することなく、賢治郎は柱の前へ座った。

風呂屋と髪結い床は、男たちのたまり場であった。仕事を終えた職人や、休みをとった町人たちが、髪を結ってもらった後も残って、遊んでいく。待合には、将棋や囲碁の他に軍記物などの読み本が置かれていた。

「一服いかがで」

客の一人が煙草盆を差し出してくれた。

「ここは国分《こくぶ》のいいのをおいてやす」

髪結い床の待合に置いてあるたばこ、炒《い》り豆、白湯などは、すべて店の差し入れで、自在にすることができた。

「すまぬ。煙草は吸えぬのだ」

賢治郎は断った。

家綱の側近くに仕えるのだ。煙草はもちろん、匂いの残るような食べものも避けなければならなかった。

「そいつはどうも」

あわてて客がひっこめた。

「一ついいかの」

待合にいた客の注意が己に集まったと見て、賢治郎は口を開いた。

「なんでござんしょう」

「あっしらにわかることでござんすかい」

皆が賢治郎の周りに集まってきた。

「少し古いことなのだが、由井正雪の名前を覚えているだろうか」

「……由井正雪」

「あの軍学者じゃねえか」

賢治郎の問いかけに、一同が反応した。

「たしか、江戸と大坂ともう一カ所どこだっけで、同時に謀叛を起こそうとした」

「ああ、槍の丸橋忠弥《まるばしちゅうや》か」

口々に客がしゃべり出した。

「あのとき、拙者はまだ子供で、あまりよく覚えておらぬのだ。どなたか、存じ寄りならば教えてもらいたい」

一段落したところで、賢治郎は頼んだ。

「見ていたわけじゃございませんがね」

初老の左官が話し始めた。

「丸橋忠弥の捕縛には、南北の町奉行所が総出役したそうでございますよ」

総出役とは、町奉行所に属している与力同心のうち、留守番役を残して全員が捕りものに出ることを言う。もちろん町奉行も騎乗で出た。

「なにせ、相手は稀代の槍遣いでさ。まともにやり合えば、捕り方の五人や十人、あっさりと串刺しにされてしまいやすからね。丸橋忠弥の家を取り囲んだ捕り方は、大声で叫んだんだそうで。火事だって」

「ほう」

賢治郎は合いの手を入れて、先を促した。

「青竹を割りながら、火事だって叫べば、音だけでござんすが、火事場と同じように聞こえるそうで」

「ふむふむ」

「火事だと言われて、槍を摑《つか》む人はございません」

「だろうな」

「しかも、寝入りばな。丸橋忠弥は丸腰で、家を飛び出して、捕り方に取り押さえられた」

「さすがは、町奉行所よな。知恵者がおる」

感心した賢治郎は、さらに話を求めた。

「しかし、聞くところによると、由井正雪の策では江戸に火を放ち、その混乱に乗じるとあったはずだが。丸橋は、火事だと聞いて、なぜ計画が始まったと思わなかったのだろう」

「そいつは簡単でござんすよ」

客を一人片付けた辰之助が、煙草を吸いつけながら言った。

「計画の前日だったそうで」

「油断していたわけだ」

「でござんしょうね」

辰之助が、煙草盆の角で煙管《キセル》を叩いた。

「次ぎ、親方」

大工の棟梁《とうりょう》を辰之助が呼んだ。

「旦那、お先に」

棟梁が気を遣った。

「いいんだよ。棟梁」

辰之助が、棟梁を手招きした。

「いいのかい。すいませんねえ」

恐縮しながら棟梁が、辰之助の前に座った。

「…………」

軽く賢治郎は辰之助へ頭を下げた。辰之助は、賢治郎が髪結いに来たのではなく、町の噂を拾いに来たとわかっているのだ。

「しかし、由井正雪も軍学者の割に馬鹿でござんすねえ」

初老の左官が話を戻した。

「どうしてだ」

賢治郎は訊いた。

「江戸の町に火を付けて、あっしらが恨まないとでも思ったのでございますかねえ」

「…………」

しみじみと言う左官の顔に、なんともいえない陰が浮かんでいた。賢治郎は言葉を失った。

「家を焼かれ、家族を奪われても庶民が黙っていると考えたのなら、とんでもないま

「ちがいでさ」

「だよなあ」

中年の職人が同意した。

「天下の取り合いなんぞ、勝手にやってくれればいいんですよ。あっしらにとって、誰が将軍さまでも、天皇さまでも関係ございませんのでね」

「奪い合いたいのなら、どこか山奥でやっていただきたいもので。考えてみれば、家康さまが関ヶ原で戦われたのは、まったくもってありがたい話でございますね」

「あ、ああ」

話が大きくなりすぎたことに賢治郎は戸惑った。

「江戸を火の海にしたあと、浪人たちを集めてお城を襲い、将軍さまを捕まえるなんて、できっこありませんやね」

月代をあたられながら、大工の棟梁が口をはさんだ。

「そんな火事場泥棒のようなまね、お膝元の住人たるあっしらが、許しやせん」

断固たる口調で棟梁が言った。

火付けと並んで、他人の災難につけこむ火事場泥棒は嫌われていた。

「それに浪人の全部が、企《たくら》みに賛同するわけでもございませんし」

初老の左官が続けた。

「たしかにご浪人は多うございまする。でも、その全部がご不満をお持ちじゃござんせん。妻《めと》を娶り子をなして、その日を生きておられるかたがほとんどなのでございますよ。由井正雪が天下を取った後、旗本にしてやると言われたところで、どうなるかわからないものにすがるより、今の安寧をたいせつにする。それが人というものので」

「そうだな」

賢治郎も同意した。

「よし。終わったぜ、棟梁」

元結いの糸を辰之助が切った。

「おう、かたじけねえ」

棟梁が立ちあがった。

「旦那、どうぞ」

話は終わったと見た辰之助が、賢治郎を招いた。

「お先に」

賢治郎は一同へ挨拶をして、立ちあがった。

第二章　疑心の闇

一

紀州藩付け家老安藤帯刀直清《なおきよ》は、上使の前で控えていた。

「格別の思し召しをもって、大納言の出府を許す」

奏者番堀田備中守正俊が重々しく告げた。

「ありがたき仰《おお》せ、主大納言に代わり、御礼申しあげまする」

安藤帯刀が平伏した。

付け家老とは、家康が己の子供たちを別家させるときに補佐を命じた譜代大名のことである。子供の面倒を任せるほど家康に信頼されていたのが仇《あだ》となり、その子が別家するとともに陪臣へ落とされた。といっても領地は三万石ほどあり、陪臣ながら城も与えられている。大名でもなく、藩士でもない。江戸に屋敷もあるが、参勤交代は御三家の当主とともにでなければせず、代替わりの挨拶か、藩主代理でなければ、江戸城へあがることもない。

陪臣と譜代大名の間という中途半端な状態であった。

「後日あらためましてご挨拶を」

駕籠《かご》に乗る堀田備中守へ安藤帯刀が囁いた。

「あまり派手なまねはいたさぬようにな。長く江戸へ留《とど》め置かれていたことを忘れぬよう」

堀田備中守が忠告した。

「お心遣い感謝いたしまする」

安藤帯刀が腰を曲げた。

慶安の変へのかかわりを疑われて、国入りの禁止を言い渡された徳川頼宣、十一年ぶりの帰国である。どうしても行列の規模は大きくなる。もちろん御三家としての顔もある。

咎めなど忘れたように仰々しく飾り立てた行列で江戸の城下へ入ってこられては、幕府の面目は丸つぶれになる。しかし、御三家の格にふさわしいといわれれば、表だって咎めることはできないのだ。

表に出せない不満は、見えないところで爆発する。幕府がその気になれば、紀州藩を潰すことはできなくとも、奥州や九州へ移せるのだ。暖かい紀州はもの成りが良く、表高より実高が多い。それを奪われ、寒冷の地などへ移されれば、収入半減もありえる。

忠告を受けた安藤帯刀は、急いで早馬を仕立て、和歌山へ向けて走らせた。

「初代とは比べものにならぬな」

しつこく幕府を刺激しないようにと書いてある手紙を読んだ頼宣が笑った。

「余と差し違えてもと迫った直次の気概は、子には受け継がれなかったか」

頼宣が手紙を投げ捨てた。

「藩のために耐えてくれとも書いてある。これは伊豆あたりに釘をさされたな」

「いかがなさいまするか」

頼宣お気に入りの家臣、三浦長門守為時《みうらながとのかみためとき》が訊いた。三浦長門守は、頼宣の母で家康の側室であった養珠院《ようじゅいん》の甥《おい》にあたる。頼宣とは従兄弟《いとこ》と近い親戚でもあった。

「大人しくしてやるとも」

笑いを浮かべたまま頼宣が述べた。

「将軍になれば、行列などいくらでも飾り立てられるからの」

「はい」

三浦長門守が首肯した。

「もっとも、跡継ぎがあれでは、余の死後、誰かにもっていかれるだろうが、それもよかろう。天下とは力ある者が手にするもの。ふさわしくなければ、奪われる定め」

冷たく頼宣が言い捨てた。頼宣の嫡男光貞《みつさだ》は、父に似ず軟弱であった。酒色にふけり、政など学ぼうともしなかった。

「経路はいかがいたしましょう」

光貞のことは口にせず、三浦長門守が問うた。

「行列を質素にするのだ。道くらいは好きにさせて貰《もら》おう。大坂から京、東海道を使って駿河《するが》だ」

頼宣が口にしたのは、すべて由井正雪の計画で騒動を起こす予定だった場所であった。

「よろしゅうございますので」

あまりに露骨な態度に三浦長門守が懸念した。

「紀州藩参勤の経路である。なんの問題もなかろう」

三浦長門守の懸念を頼宣は否定した。たしかに大坂と京を経由するのが通常であるが、他にも紀州藩の参勤路は、大和国《やまと》をこえて松坂から桑名へ向かうものもあった。

「そうではございますが。大事の前でございまする。自重されるべきでは」

頼宣の行動はあからさまに幕府を刺激している。三浦長門守が少しためらった。

「余に目を集めておけばいい」

あっさりと頼宣が告げた。

「では……」

「根来《ねごろ》をすでに向かわせた」

「……………」

三浦長門守が絶句した。

根来とは、紀州に戦国の昔からいる忍《しのび》である。根来寺に属した修験者たちをその祖とし、雑賀衆と手を組み、織田信長《おだのぶなが》の侵攻を長く支えた。頼宣は紀州転封ののち、根来寺を厚く保護し、その配下であった根来衆を懐へ取りこんでいた。

「大奥へ刺客を入れる。女忍が大奥へあがるとき、余はまだ遠い東海道だ。誰も疑いはすまい」

頼宣が頬をゆがめた。

「上様を……」

「もう待ってはおれぬでな。去年、余は家綱に警告した。我らも源氏だと」

「存じあげておりまする」

寵臣は、一部始終を頼宣から聞かされていた。

「源氏でなければ幕府を開けぬ。朝廷の決めた不文律だ。ゆえに織田信長も豊臣秀吉《ひでよし》も将軍になれなかった。だが、これは呪いでもある」

「呪い……」

「わからぬか。幕府を開いた源家、足利家《あしかが》ともにさして代を重ねることなく、実権を家臣に奪われている。鎌倉の北条《ほうじょう》、そして足利における管領家」

「たしかに」

頼宣の言葉に三浦長門守がうなずいた。

「そして、将軍の実権が奪われるときに女がかかわっている」

「女でございますか」

三浦長門守が首をかしげた。

「鎌倉幕府における頼朝《よりとも》の妻北条政子《まさこ》。足利幕府は、八代将軍足利義政《よしまさ》の妻日野富子《ひのとみこ》。この二人によって将軍家は力を失い、家臣たちに取って代わられた」

「…………」

「そして、我が徳川幕府にも女がかかわった。三代将軍家光の乳母、春日局《かすがのつぼね》だ」

「春日局さま」

頼宣の説明に、三浦長門守が息をのんだ。

「あの女は、徳川家を思うがままにしようとした。家光を使ってな。幸い、松平伊豆や阿部豊後のおかげもあって、なんとか防げたが、あの女の残した布石はしっかりと生きている」

吐き捨てるように頼宣が言った。

「あの女の息子、そして養子がな」

「老中稲葉美濃守さまと奏者番堀田備中守さまでございますな」

三浦長門守が述べた。

「そうだ。だからこそ、余は警告したのだ。吾がものにはならなかったとはいえ、神君家康さまが生涯をかけて手にした天下だ。安泰でいて欲しいではないか。しかし、いまだ家綱はなにもしていない。いや危機感さえもってない。あのような覇気なき者では、徳川が蚕食《さんしょく》される。このままでは、あの女の血筋が、第二の北条となり、幕政を壟断《ろうだん》するだろう。我が父の作った幕府が形骸《けいがい》となるのだ。そのようなこと、許せるものか」

頼宣が厳しい声を出した。

「家綱ができぬなら、余が出るしかあるまい」

「はい」

「ついてこい、長門守。余はもう一度幕府を立て直す。駿河にてな」

はるか東を頼宣が見た。

甲府右近衛中将《うこんえのちゅうじょう》徳川綱重の桜田屋敷で、家老新見備中守正信《にいみびっちゅうのかみまさのぶ》と順性院《じゅんしょういん》が顔を見合わせていた。

「二条《にじょう》関白家の娘に決まったか」

「はい」

「やはりそれ以上の家柄からはもらえぬのか」

綱重の母順性院が新見備中守正信へ問うた。

「上様の御正室が伏見宮《ふしみのみや》家の出でございまする。遠慮をせねばなりますまい」

新見備中守が首を振った。

「なにも公家でなくてもよい。尾張か紀州の姫、あるいは加賀前田《まえだ》か。綱重さまが将軍となられるのに力を貸してくれるような大名でもよい」

「いけませぬ」

順性院の言葉を新見備中守は否定した。

「将軍となられるお方は、どの大名とも特別な縁を結んではいけませぬ。ましてや外様大名など論外。綱重さまの正室が外様大名の出というだけで、将軍として欠格と騒がれましょう」

「それはだめじゃ」

あわてて順性院が意見を引っ込めた。

「やむをえぬか」

「ご承知いただき感謝いたしまする」

深く頭を新見備中守が下げた。

「では、婚姻の実務に入らせていただきまする」

「うむ」

順性院が首肯した。

「となりますと、少し問題が」

「保良《ほら》じゃの」

「はい」

新見備中守が首肯した。

「京より、問い合わせの使者が参りましてございまする」

「二条も細かいの。綱重さまも十九歳じゃ。女の一人くらいいて当たり前であろうに」

「さようではございまするが、官位だけとはいえ、二条家は格上になりまする。降嫁とまでは言いはしませぬでしょうが、くれてやると考えるのは無理ないかと」

「たかが公家ではないか。なにほどの力もあるまいに」

不満そうに順性院が唇を尖《とが》らせた。

「二条だけならば、気にせずともよろしゅうございまするが、何百年ものあいだ通婚を繰り返してきた五摂家は皆一族。二条家の機嫌を損ねれば、五摂家すべてを敵にするようなもの。もし、右近衛中将さまが将軍になられるとき、難癖をつけられても面倒でございまする」

「難癖をつける……そのようなことはあるまい」

「お方さま」

小さく新見備中守が首を振った。

「もし上様にご不例あったとき、右近衛中将さまか、右馬頭《うまのかみ》さまかのどちらかが大統を継がれることとなりまする」

「そのようなもの兄である綱重さまに決まっておる」

順性院が否定した。

「もしもの話でございまする。そのとき、朝廷から右近衛中将さまになんらかの不満がもたらされては困りましょう」

「それはならぬ」

大声で順性院が拒んだ。

「長幼からいって、右近衛中将さまに決まっておるとはいえ、反発する者はかならずおりまする。その者たちに利用されてはなりませぬ。ここは、二条の顔を立ててやらねばなりますまい」

「しかし、なぜそこまで二条は妾《めかけ》にこだわるのだ」

「妾ではなく、お子さまでございまする。二条にしてみれば、娘を嫁に出すのでございまする。当然、その娘が産んだ子が後を継がねばなりませぬ。正室の子が嫡男となるには、先に生まれた妾の子は邪魔なだけ」

「綱重さまの血を引いておれば、どうでもよいことではないか。妾《わらわ》も言われたことぞ。腹は借りものだと」

順性院が反発した。

「ではございましょうが、ここは右近衛中将さまのためと思し召されて」

「わかっておる。では、保良はどういたすのだ。そろそろ腹も目立ち始めた。もう綱重さまの閨《ねや》御用も果たせぬようになった」

「わたくしがお預かりいたしまする」

新見備中守が申し出た。

「そなたがか」

「はい。桜田館から出してしまえば、二条家もそれ以上のことは言いますまい」

「頼むぞよ。保良は気に入らぬ女じゃが、その腹におられるのは、綱重さまのお子。たいせつに守ってたもれ」

「ご案じなさいますな。しっかりとお守りいたしまする」

胸を張って新見備中守が述べた。

「綱重さまには、妾から言おうか」

そっと身を寄せて順性院が、新見備中守へもたれかかった。

「わたくしからお願い申しあげまする」

新見備中守が順性院の肩を抱いた。

神田館では桂昌院《けいしょういん》が苦い顔をしていた。

「右近衛中将どのと二条家の縁組みが決まったと聞いたぞ」

「おそれいりまする」

桂昌院付き用人の山本《やまもと》兵庫《ひょうご》が平伏した。

「綱吉さまのお相手はどうなっておる。ご袖《そで》止めもなされたのだ。ふさわしいだけの相手の準備はできておろう」

「まだお話はまったく」

山本兵庫が首を振った。

館林二十五万石の主となった三代将軍家光の四男徳川綱吉は、昨寛文《かんぶん》元年（一六六一）十二月、衣服を子供のものから大人用へと変えた。これは、元服の前準備であった。

「ご元服なされてから、ご選定に入るのではないかと」

「ええい。それでは遅いのだ。綱吉さまは今年で十七歳になられたのだぞ。十七歳ともなれば、子がいてもおかしくはないのだ」

桂昌院が怒った。

「ご婚姻前に子をなすのが異例でございますぞ」

落ち着くようにと山本兵庫がなだめた。

「右近衛中将さまより、綱吉さまが後れを取る。それは許されぬ」

頭に血をのぼらせて、桂昌院が迫った。

「しかし、右馬頭さまのご正室となれば、我らだけでどうこうできるものではございませぬ。御用部屋の議も経なければならず、なにより、上様のお許しがなければなりませぬ」

「手を打ってくりゃれ」

桂昌院が頼んだ。

「金がかかりまするがよろしゅうございまするか」

老中たちを動かすには、それだけのものが要った。

「牧野《まきの》に申せば、金くらいいくらでも出そう」

あらたに二十五万石を与えられ、立藩したばかりの館林徳川家は、まだ大名としての体裁をととのえていなかった。

藩士も足らず、館林の城の修復も手つかずであった。そのおかげで、藩庫にはうなるというほどではないが、金はあった。

「わかりましてございまする」

山本兵庫が引き受けた。

「あと、綱吉さまにも女を知っていただかねばならぬ。ご勉学ばかりでは、お世継ぎができぬ」

「側室探しでございますか」

「安心せい。心当たりはある。まだ幼いが、なかなか器量も良い。頭も悪くない」

桂昌院が述べた。

「ずいぶんとお気に召しておられるようでございまするな」

「うむ。先日吾が手元にあがったばかりの者よ。黒鍬《くろくわ》者の娘で多少身分に不足はあるが、そのていどはどうにでもなる」

「黒鍬の娘でございますか」

眉をわずかに山本兵庫がしかめた。

黒鍬者とは、幕府の中間といっていい低い身分の者である。その名の由来は、戦場で陣地構築や敵陣への坑道掘りなど土木を担ったことから来ていた。寒中でも足袋《たび》をはくことができず、公用以外名字を名乗ることは許されていなかった。

「難癖を付けてくる者が出そうでございまする」

「さすれば捨てればよいのだ。とにかく、綱吉さまに女への興味を持たせてくればいい」

冷たく桂昌院が宣した。

二

松平伊豆守信綱は、己の寿命が確実に減っていくのを感じていた。

「小便が出ぬのがこれほど辛いとはな」

「おさすり申しあげましょうや」

首藤巌之介《しゅどういわのすけ》が半歩近づいた。

「よい。下腹を押されるのは、医者に任せる。小便を押し出すために押すのだが、結構痛い」

嫌そうな顔を松平伊豆守が見せた。

「どうだ、お髷番は」

「毎日出歩いておるようでございまする」

「そうか。使える手をもたぬゆえ、己でするしかないか」

松平伊豆守が嘆息した。

「上様も、もう少しお考えにならねばならぬ。一人しか信をおける者が側におらぬかとはいえ、配下をもたぬお髷番では、できることに限界がある……くふっ」

咳《せ》き込んだ松平伊豆守の背中を首藤巌之介がさすった。

「……大事ない」

松平伊豆守が首藤巌之介へ手を振った。

「ご無礼を」

首藤巌之介が離れた。

「紀州はどうだ」

「阿部豊後守さまより、お報せがございました。殿はお休みでございましたので、わたくしとご家老で応対をさせていただきました」

「よい。で、どうだ」

「大坂、京を経て、東海道を通ってこられるとのことでございまする」

「ふん。子供じみたことをする」

鼻先で松平伊豆守が笑った。

「紀州から江戸までならば、十日ほどか」

「御用部屋へ出された旅程では、もう少しかかっていたはずでございまする」

「大坂と京で泊まるのか」

「はい。あと駿府では二日過ごされるようでございまする。久能山東照宮へ参詣なさるとの届けが出ておるとのことで」

松平伊豆守の問いに首藤巌之介が答えた。

「……みょうだな」

「なにがでございましょう」

「わざと慶安の変にかかわったところを通るのはまだいい。大納言どのの嫌がらせとわかるからな。しかし、京と駿河で泊まるのはあまりにあからさますぎる。京に行列を止めぬというのは決まりではないが、慣例である」

病床で松平伊豆守が思案した。

朝廷と大名が結びつくのを嫌った幕府は、西国の大名が京を通ることを嫌った。幕府の空気を読み、適切な対処をするのが生き残りの手段だと大名たちは知っている。当然、参勤交代で京を通らざるを得ないときでも、決して足を止めず行きすぎるのが慣例となっていた。それを頼宣はあえて破った。

「そのうえ、駿河に二日だと。ときをかけ過ぎじゃ。参勤の時期でもない今、出府を求めたにしてはのんびりしすぎておる」

松平伊豆守が首を振った。

「巌之介」

「はっ」

呼ばれて首藤巌之介が応じた。

「三人ほど遣い手を出せ」

「どちらへ行かせましょうや」

首藤巌之介が問うた。

「東海道をさかのぼらせよ。駿河まででいい。みょうな風体の者が来ぬかどうか」

「では……」

「うむ。おそらく大納言どのは、自らを囮《おとり》にして目を引きつけようとしておる。となれば、主たる目的は別行動をしているはずじゃ」

　そこまで言った松平伊豆守が、唇を噛《か》んだ。

「いささか、出遅れたかも知れぬ」

「急ぎ、手配を」

　腰をあげた首藤巌之介を松平伊豆守が止めた。

「手配をすませた後でいい。お髷番をこれへ」

「はっ」

　首藤巌之介が走っていった。

　いつものように御座の間前の入り側で待機していた深室賢治郎は、出入りする役人たちの顔を覚えようとしていた。

「このなかに家綱さまの御世を崩そうとする者がおるのか」

　そう思って見ると誰もが怪しく感じられた。

「深室」

　不意に呼ばれた賢治郎は、あわてて首だけで振り返った。

「豊後守さま」

背後には阿部豊後守が立っていた。

「剣呑《けんのん》な雰囲気を出すな。上様のお側近くであるぞ」

「申しわけございませぬ」

叱られて賢治郎は恐縮した。

「どうかしたのか」

「いえ」

まさかお側にいる者を含めてすべてを疑っていたとは言えず、賢治郎は首を左右に振った。

「…………」

じっと阿部豊後守が賢治郎を見た。

「あまり馬鹿に踊らされるな」

阿部豊後守がたしなめた。

「……はい」

賢治郎は頭を下げた。

「上様のご機嫌はどうだ。昨夜は大奥でお泊まりであったが」

「うるわしくおられまする」

「そうか。それは重畳」

満足そうに阿部豊後守がうなずいた。

家綱は、伏見宮貞清《さだきよ》親王の娘浅宮《あさのみや》を明暦《めいれき》三年（一六五七）に迎え正室としていた。

浅宮は、江戸へ来た翌年、あの明暦の大火に遭遇したが、あわてず、まず女中たちの避難を命じ、己は最後に堂々と紅葉山へと動座したほどの気丈な女性であった。その浅宮と家綱の仲はいいが、未だ子供には恵まれていなかった。

「のう、深室」

阿部豊後守がさらに近づいた。

幕政の中心である阿部豊後守と親しげな賢治郎に、周囲の目が集まった。

「落ち着いて聞け。声を大きくするな」

釘を刺して阿部豊後守が続けた。

「上様にご側室をお勧めしてくれ」

「それは……」

囁かれた内容に賢治郎は目を見張った。

「失礼ながら、浅宮さまと婚姻をなされてすでに五年になる。お二人の仲むつまじいにもかかわらず、ご懐妊の兆候さえない。このままでは、お世継ぎさまがおできにならぬことにもなりかねぬ」

「ですが、まだ上様も御台さまもお若い……」

「わかっておる」

阿部豊後守が、聞き耳を立てている周囲の小納戸や小姓たちを見た。

「………」

にらまれた小姓たちが、目を逸《そ》らした。

「まあ、聞かれたところで困る話ではないのだが、盗み聞きをするような品性下劣な者を上様の側に置いておくわけにもいかぬ」

「……くっ」

まさに盗み聞きをしていた賢治郎は、うなだれた。

「上様にお世継ぎさまがおできになれば、すべての騒動は終わる」

賢治郎の様子を無視して阿部豊後守が話した。

「わかるな」

「はい」

賢治郎は首肯した。

「儂からも申しあげるが、そなたにも頼む」

阿部豊後守が頭を下げた。

「……承知いたしましてございまする」

家綱の傅育役から言われれば断れない。なにより、阿部豊後守の言葉には家綱への想いがあふれていた。賢治郎は引き受けた。

「阿部豊後守どの。お呼びでございまする」

御座の間から小姓が出てきて、阿部豊後守へ声をかけた。老中といえども、御座の間へ入ると呼び捨てになるが、入り側までは敬称を付けられた。

「うむ」

阿部豊後守が、御座の間へ入っていった。

「上様にお世継ぎさまができれば、すべては解決する……」

賢治郎は阿部豊後守の言葉を繰り返した。

お役目を終えて下城した賢治郎を、首藤巌之介が待っていた。

「貴殿は……」

先夜、旗本斬《ぎ》りをしていた無頼を捕らえようとして、かえって危機に陥った己を救ってくれた相手の顔を賢治郎は忘れていなかった。

「首藤巌之介でござる。主がお目にかかりたいと申しておりまする」

「主君……」

「松平伊豆守が主君でございますれば」

「伊豆守さまが、ご家中でござったか」

「ご同道願えましょうや」

「……」

無言で賢治郎はうなずいた。

「若殿さま」

「先に帰っていてくれ。三弥どのに、少し遅くなると」

心配そうな清太へ賢治郎が伝言を預けた。

「だいじょうぶだ。この御仁のことはよく知っている。松平伊豆守さまもな」

「では、お早いお帰りを」

ようやく清太が納得した。

「参りましょうか」

賢治郎が首藤巌之介を促した。

「先夜はありがとうござった」

少し歩いたところで、賢治郎は礼を述べた。

「いや、任でござれば」

首藤巌之介が首を振った。

「伊豆守さまのご体調はいかがでございましょう」

松平伊豆守が病気で伏しているのは、江戸城中で知らない者はいない。賢治郎は容体を尋ねた。

「あまりよろしくはございませぬ」

隠すことなく首藤巌之介が話した。

「さようでございまするか」

賢治郎は、黙るしかなかった。

松平伊豆守の上屋敷は、一橋御門を入ったところにあった。大手門を出た賢治郎は、首藤巌之介に連れられて内堀を廻り、一橋御門からもう一度廓内へと戻った。

「来たか」

上屋敷の表御殿で松平伊豆守は伏していた。

「お呼びと伺いましてござる」

賢治郎は松平伊豆守へ述べた。

「忙しいところをすまぬな」

松平伊豆守が身体を起こそうとし、首藤巌之介が手伝った。

「どうぞ、そのまま」

休んだままでいいと賢治郎は制した。

「いや、上様のことをお話しするのだ。寝たままではいかぬ」

きまじめな松平伊豆守が首を振った。

「さて、深室」

松平伊豆守が賢治郎を見た。

「おそらく会うのはこれが最後になるだろう」

「伊豆守さま。そのような気弱なことを言われては……」

「よい。慰めてくれずともな。人は己の死期をさとるものだ。儂はもう長くない」

賢治郎を松平伊豆守が止めた。

「伊豆守さま……」

「気にするな。これでようやく儂は先代さまのもとへ行けるのだ」

何ともいえぬ澄んだ眼差《まなざ》しで松平伊豆守が言った。

「死にどきを失うのは辛いぞ」

「…………」

「いずれ、そなたにもわかるときが来よう」

松平伊豆守が背筋を伸ばした。

「深室よ。上様のお命が狙われておる」

「な、なにを」

いきなり言われて賢治郎は息をのんだ。

「紀州大納言どのが、国元を発《た》った」

「それがなにか」

頼宣が国元へ向かう前、賢治郎は会っていた。

「気づかぬか」

「なにを……まさか」

賢治郎は目を見張った。

「紀州公が上様のお命を」

「うむ」

松平伊豆守がうなずいた。

「そのようなはずは……」

「ないか。ではなぜ、そなたは上様の使者として館林と甲府へ行った」

「それは……」

指摘されて賢治郎は詰まった。

「しかし、紀州公はもう老境にあられるはず。今さら将軍位を求めるとは思えませぬ」

賢治郎は否定した。

「若いゆえ無理もないな」

小さく松平伊豆守が笑った。

「死に行く者ほどどん欲なのだ。もう、己には残されたときがないと知っておるからな」

松平伊豆守が言った。

「やり残したことがあると、たまらぬものだ」

「…………」

しみじみと語る松平伊豆守へ賢治郎はなにも返せなかった。

「儂とて心残りじゃ。上様のお世継ぎさまを見られなかったからな。これからあの世へ参り、先代さまにお話しすることができぬ。なぜ、もっと早く側室を勧めなかったかと悔やんでおる。それに……」

松平伊豆守が賢治郎へ目をやった。

「深室、そなたが一人前の寵臣になるのを見届けられぬのも無念じゃ」

「伊豆守さま」

賢治郎は頭《こうべ》を垂れた。

「だが、儂はそれ以上に満足しておる。ようやく死ねるのだ。三代家光さまがお亡くなりになったときに、腹切れなかった儂がな。生き恥に終わりを告げられる。なんともうれしいことだ。さすがに病では、上様も儂の死を止めることはできまい」

晴れ晴れと松平伊豆守が述べた。

「対して紀州公はどうであろう」

松平伊豆守が、目を閉じた。

「あの御仁は満足しておるまい。なにせ、家康さまからもっとも愛されていながら、天下を譲られず、遺された駿河の地さえ取りあげられた。徳川本家への恨みは消えておるまい」

哀れみの色を松平伊豆守が浮かべた。

「今、己の死が近づき、残された余裕がなくなりつつあることに気づいた紀州公は、奪われたものを取り返す最後の機と考えておられるはずだ」

「さようでございましょうか」

「まちがいない。でなければ、あのような態度には出ぬ。わざわざ上様に我らも源氏でござるなどという謎かけのような言葉を言うはずはない」

松平伊豆守が断じた。

「まさかと思うが、その意味はわかっておるな」

「春日局さまのことだとは」

「よかろう。それだけ知っておればなんとかなる」

賢治郎の答えに、松平伊豆守が満足そうな顔をした。

「あれは、警告である。上様の周囲にいる忠臣の顔をした悪辣な者どもに気を付けよとのな。そしてもう一つは、上様のなかに疑心暗鬼を植え付けることが目的じゃ」

「疑心暗鬼」

「うむ。謎を解かれた上様は、どうしても家臣たちへの信をお持ちになれなくなる。ごく一部の寵臣だけを頼り、他の者を排される。そうなれば政は狂う。重用される者に権が集まり、諫言《かんげん》を言う者が遠ざけられる。政に齟齬が生まれれば、天下は乱れる。その乱れにつけこまれれば……」

「徳川の天下が終わる……」

「そこまではいくまい。天下はもう戦に飽いておる」

松平伊豆守が否定した。

「では、どのようなことが」

「将軍家を替えることで、寵臣を排除し、政を一新しようとする者が現れる。家康さまのお血筋であれば、将軍を継ぐに不足はない。戦をせずともすみ、変化を望んでいない朝廷も、新しい将軍を認めるだろう」

「上様を排すると」

「そうじゃ。今、その条件がそろっておる」

「条件……館林さまと甲府さま」

「うむ。お二人ならば、どちらが将軍となっても、誰からも文句は出まい」

「…………」

「わからぬか」

ゆっくりと松平伊豆守が問いかけた。

「これこそ、紀州公の狙いじゃ」

「えっ」

賢治郎はついていけなくなっていた。

「上様、館林公、甲府公、ご兄弟が将軍位を巡って争う。軍勢を興して戦うのではないが、それぞれに味方する者など登場し、幕府はなかからゆれよう」

松平伊豆守が説明を始めた。

「幕府が揺れては困る者はどうすると思う。譜代大名や無役の旗本、小役人たち、将軍継承争いに加われなかった連中は」

将軍継嗣の問題に口を挟めるのは、傅育を命じられた大名、執政、三奉行、徳川家になんらかの影響を持つ名門大名、小姓や小納戸など将軍の近くに仕える者、そして分家につけられた大名や旗本などである。数万石ていどの譜代大名や、外様大名、小役人などは、蚊帳《かや》の外なのだ。

「その者たちにとって、幕府が揺れ続けるのは、つごうが悪い。なにせ、いつ己に飛び火するかわからぬからな」

「…………」

「そのような連中は、騒動をおさめられる者を求め、頼る。さて、今、徳川で、上様、館林公、甲府公が争ったとして、誰がこれをおさめられる」

「松平伊豆守さま、阿部豊後守さまのお二人ならば」

問われた賢治郎は答えた。

「いいや。我らでは執政どもが納得せぬ」

松平伊豆守が首を振った。

「そのようなことはございますまい」

家綱の傅育として重きを置いてきた二人の意は大きい。賢治郎は松平伊豆守の言葉を否定した。

「我らは先代の寵臣なのだ。寵臣は代替わりで身を退くもの。しかし、儂と豊後は家光さまの御遺言で執政を続けた。これは、今の新しい執政どもから見れば目障《めざわ》り以外のなにものでもない。なにか新しいことをしようとしても、我らに伺いを立て、許しを得なければならぬ。執政は幕政最高の地位なのにもかかわらずだ。おもしろいはずはなかろう。それこそ我らが口を挟めば、そろって反発してくるはずだ。いや、好機とばかり、我らを排除しようとするであろう」

淡々と松平伊豆守が述べた。

「うっ……」

家綱の側で任を果たしていると、松平伊豆守や阿部豊後守の悪口を耳にすることは多かった。

「では、どなたが」

「徳川一門の長老である」

「……紀州徳川頼宣さま」

賢治郎は思い当たった。

「そうじゃ。水戸中納言頼房《よりふさ》公がおなくなりになった今、紀州公は、家康さまのお子さまのなかで唯一の生き残りでおられる」

松平伊豆守が言った。

「ああ、家康さまの六男忠輝《ただてる》が生きておるが、かの御仁は罪を得て配流の身ゆえ、数には入らぬ」

松平忠輝は、越前高田七十五万石の太守であったが、家康の勘気を受け、その臨終に立ち会えなかった。さらに家康の死後、二代将軍秀忠から改易をいい渡され、朝熊山へ流されていた。

「担ぎだされる形となった紀州公は、家康さまのご実子である。誰も異論を挟めまい。そこで紀州公が、将軍家にふさわしい人材が出るまでその位を預かるといえば……」

「……………」

賢治郎は沈黙した。

「だが、この手には一つ大きな難点がある。それは家綱さまが将軍であることだ。将軍がおられるのに、その座を預かるなどありえぬ」

「では、この話は成り立たぬのでございますな」

安堵のため息を漏らして、賢治郎は確認した。

「上様が生きておられるかぎりな」

「それを紀州公がなさると」

ようやく本日の用件に戻った。

「うむ。念のため、我が藩から遣い手を出した。だが、絶対に守りきれるとは言えぬ。そなたは上様のもっともお側近くにある。重々気をつけよ」

大きく松平伊豆守が息を吐いた。

「殿」

首藤巌之介があわてて松平伊豆守に寄り添った。

「久しぶりにしゃべったので、疲れたわ」

松平伊豆守が夜具に横たわった。

「深室、いや、松平賢治郎よ」

かつての名前で松平伊豆守が、賢治郎を呼んだ。

「寵臣とは、恩恵を受けるだけではだめである。その命を代償に使えて初めて寵臣と認められる。主君の寵愛を、己の力と思うな。よいか。家臣というものは、すべて主君という名の虎の威を借りる狐なのだ。虎がいなくなれば、狩られるだけの狐に戻る。それを忘れるな」

「はい」

賢治郎は首を縦に振った。

「もうよいぞ」

目を閉じて、松平伊豆守が退出を命じた。

「ありがとうございました」

礼を述べて、賢治郎は立ちあがった。

「……深室」

松平伊豆守が呼んだ。

「上様のこと、頼んだぞ」

「…………」

無言で賢治郎は頭を下げた。

屋敷へ戻った賢治郎は、待ち構えていた三弥に捕まった。

「ずいぶんとときがかかりましたようでございまするな」

着替えを手伝いながら、三弥が言った。

「いろいろとお話をいただいた」

賢治郎は三弥から目をそらした。

「それはよろしゅうございました」

帯を締め終わった三弥が、顔をあげた。

「危ないことをなさろうとしているのでは、ございますまいな」

三弥が問うた。

「先だってのように、夜徘徊《はいかい》するなど論外でございまする」

「わかっておりまする」

釘を刺された賢治郎は同意した。

「それならばよろしゅうございまするが……」

「殿さまのお帰りでございまする」

家士の大声が二人の会話を打ち切らせた。

「お出迎えを」

「はい」

促されて賢治郎も玄関へ出た。

先触れからしばらくして深室作右衛門が大門を潜《くぐ》った。

「おかえりなさいませ」

三弥を始めとする家族、家臣たちが一礼した。

「うむ。今戻った」

馬から下りた作右衛門が、賢治郎へ目をやった。

「賢治郎、ついて参れ」

作右衛門が自室へと、賢治郎を誘った。

「はい」

賢治郎は後に従った。

「座れ」

許されて賢治郎は、作右衛門の居室へ腰を下ろした。

「で、今日はなにがあった」

「とおおせられまするると」

賢治郎は首をかしげた。

「昨日も申したであろう。上様の側に来た者の言動を見ておけと」

「あいにく、わたくしのおりまする場所は、入り側でございまして、御座の間のなかまではわかりませぬ」

聞こえなかったと賢治郎は述べた。

「嘘を申すな。儂がなにも知らぬと思っておるのか。儂とて留守居番ぞ。御座の間と入り側の距離くらい存じておるわ」

作右衛門が叱った。

「聞こえぬものは聞こえませぬ」

賢治郎は否定した。

「強情な。上様のお為《ため》であるのだぞ」

「そういえば、阿部豊後守さまよりお言葉をいただきましてございまする」

「おおっ、豊後守さまからか。なんと仰せられたか」

ぐっと作右衛門が身を乗り出した。

「馬鹿に踊らされるなと」

「なにっ」

作右衛門の顔色が変わった。

「まさか、儂の名前を出したりしてはおらぬであろうな」

「しておりませぬ」

詰問に賢治郎は首を振った。

「そうか」

小さく作右衛門が息を吐いた。

「しかし、なぜ豊後守さまが」

「わたくしがなかを窺《うかが》っておったからでございましょう」

賢治郎は答えた。

「そのようなあからさまな態度をとったのか。たわけが」

作右衛門が怒った。

「今更《いまさら》申してもしかたないか」

「…………」

詫びもせず賢治郎は沈黙した。

「もう下がってよいぞ」

「本日、松平伊豆守さまよりお招きをいただきましてございまする」

「なんだと」

賢治郎の報告に作右衛門が驚愕《きょうがく》した。

「で、なんと」

「上様の御身に気をつけよと」

「なんじゃ、それだけか。実入りのよい役目への異動の話などはしなかったのか」

作右衛門の力が抜けた。

「では、これにて」

賢治郎は居間を出た。

三

東海道を三人の藩士が駆けていた。

「どうやって刺客を見極めるというのだ」

走りながら若い藩士が問うた。

「殺気を出している者を探せ」

別の藩士が答えた。

「わかるのか」

若い藩士が首をかしげた。

「とにかく、普通の旅人とは雰囲気が違うはずだ」

先頭を走る壮年の藩士が述べた。

三人は、松平伊豆守の家臣であった。家中でもとくに腕の立つ三人が、物見をかねた討伐隊として出ていた。

「石井《いしい》氏」

「なんじゃ」

先頭を走る壮年の藩士が応じた。

「見つけ次第、問答無用でよろしいのか」

「無関係な者をいきなり殺すわけには行くまいが。藩名が出れば大事になるぞ」

石井があきれた。

「では、どうやって確認をするのでござる。貴殿は紀州公の刺客でござるかと質問するのでございまするか」

「左田《さだ》、馬鹿を言うな」

もう一人の藩士がたしなめた。

「しかし、山内《やまうち》氏、そうでもせぬと区別はつきませぬぞ」

若い左田が不満を述べた。

「若いから気が逸《はや》るのもわかるが、少し落ち着かぬと思わぬ穴に足を取られることになるぞ」

山内がなだめた。

「小田原に着いた。明日がいよいよ箱根である。箱根の関所を一度に通るのはまずい。

入れ替わりにこされては、困る。左田、拙者と残れ。山内氏、先に進み、関所の様子を見ていただけるか」

「承知。それらしき者がいなければ、手を振りまする。さすれば、関所をお通りくだされ」

「頼む」

「わたくしも先行した方がよろしいのでは」

左田が口を出した。

「いや、江戸に近いほうを手厚くしておかねばならぬ。抜けられては大事だ」

石井が制した。

街道沿いの旅籠《はたご》に入った三人は、夜通し交代で小田原の城下を通過していく旅人を見張った。

「では」

翌朝、山内が先発した。

「我らも参ろう」

小半刻（約三十分）ほど後、石井と左田も小田原を後にした。

箱根の関所は元和《げんな》年間に設けられた。東海道随一の関所として、人の出入りを見張り、とくに江戸から出ようとする女を厳しく取り締まった。

その実務は譜代大名で小田原を預かる大久保《おおくぼ》家が任され、番頭以下四名の侍、十一名の足軽、中間二人、定番人、人見女からなっていた。

番所は高い塀を巡らし、その門は明け六つ（午前六時ごろ）から暮れ六つ（午後六時ごろ）までしか開かれない。

関所を通ろうとする者は、通行切手を出し、その検《あらた》めを受けねばならなかった。ただし、それは町人だけであり、武士は藩名と氏名、目的とする場所を言うだけでよく、神官僧侶なども特別扱いを受けた。

ただし、女にかんしては厳しく、武家であろうとも通行切手に書かれた特徴と一致しなければ通さなかった。

唯一、芸人だけは、関所でその芸を見せればよく、厳粛なる関所内で三味線の音が聞こえるということもあった。

「松平伊豆守家中、山内一平太《いっぺいた》でござる。主命にて京へ向かいまする」

番士の前で山内が述べた。

「承った。お通りあれ」

山内が検めを終えた。

「伊豆守の家中だと」

検めの順番を待っていた女芸人が、隣の僧侶へ小声で話しかけた。

「一人だろう。ならば、気にせずとも良かろう」

僧侶が答えた。

関所は武家優先である。庶民たちは武士が終わるのを待つことになる。

「待て。見ろ」

さりげなく山内を見ていた女芸人が僧侶へ注意を促した。

「京口門のところで、手を振ったぞ」

「ああ」

反対側の江戸口門へ、僧侶が目をやった。

「二人いる」

「挟まれたか」

女芸人が苦い顔をした。

「まずいな」

「関所のなかで暴れるわけにはいかぬぞ。番人どもは気にせずとも良いが、目立ちすぎる。旅人全部を片付けるわけにもいかぬ」

二人が顔を見合わせた。

「このままごまかすか」

「我らはいいが、残りはどうする」

僧侶が苦吟した。

「品川まで先行し、そこで合流するはずだったが、予定を変えねばならぬかも知れぬな」

難しい顔で女芸人が首を振った。

「次っ」

六尺棒を持った足軽が、待たせていた庶民へ顔を向けた。

「はい」

初老の商人が、大きな荷物を抱えなおして立ちあがった。

「報せに戻るか」

「そのような目立つまねができるか」

女芸人の案を僧侶が否定した。

「伊豆には気づかれておるだろうと、殿が仰せられていたとおりになったな」

「どうするか」

「後続とは小田原で合流しよう。目印をつけておけば、気づくはずだ」

「そうするしかないな」

僧侶の言葉に女芸人が同意した。

「そこで二日待って、来なければ、我らだけでやることになる」

「厳しいぞ」

女芸人が嘆息した。

「江戸城まで入りこんで、家綱を殺すのだ。どうしても数がいる」

「大奥へ奉公する手はずは整っているはずだが……」

「一人では、近づくことさえできぬぞ」

「おまえの色香で家綱を搦《から》め捕れば」

「無理を言うな。男には女の好みがある。なればこそ、三人のくの一が用意されたのだ」

　僧侶へ女芸人が文句を言った。

　着崩した着物の合わせ目から、豊満な胸が半分顔を出している女芸人の色香はすさまじい。先ほどから待っている旅人の男が、誰もが見つめていた。

「三人いれば、家綱の目に止まるであろう。また、添い寝を命じられずとも、女ばかりの大奥だ。三人いれば家綱が泊まっているところを襲うのは容易」

「となれば、後で来る連中を見捨てるというわけにはいかぬな」

「どうする」

「引き返すしかあるまい」

　女芸人の問いに僧侶が告げた。

「このまま関所を通らずに戻るぞ。これならば関所破りにはならぬ。少なくとも番所の役人に追われる心配はない」

「だが、あの三人には気づかれるぞ」

「しかたあるまい。あの三人を関所から離れた山のなかで片付ける」

「わかった」

二人がうなずいた。

「次。そこの御坊」

足軽が、僧侶へ顔を向けた。

「拙僧でござるか。いや、あいにく三島の宿へ忘れものをいたして参りましたので、一度戻らせていただきまする。どうぞ、別の方へ」

僧侶が立ちあがった。

「さようか。では、次は、そなたか。芸人じゃな」

「わたくしも、三島へ帰る用を思い出しましてございまする」

女芸人も腰をあげた。

「続くの」

気にもせず、足軽が別の旅人を指さした。

「ごめんなさいよ」

京口で立っている山内へ軽く頭を下げて、女芸人が関所を出て行った。

「おい」

「あやしいぞ」

江戸口を見張っていた形の石井と左田が顔を見合わせた。

「山内氏」

「承知」

石井の指示にうなずいて、山内が二人の後を追った。

「老中松平伊豆守が家中、石井久兵衛《きゅうべえ》である。京へ藩命にて向かう」

「同じく左田一也《かずや》」

並んでいた庶民たちを追い抜いて、二人が番士に名乗った。

「ど、どうぞ」

老中の威光は強い。咎めることなく番士が二人を通した。

「急ぐぞ」

「おう」

関所を出た二人は、山内の姿を求めて走った。

「ついて来ているな」

僧侶が後ろを見ることなく、女芸人に話しかけた。

「あとの二人が来る前に、やってしまおう」

女芸人が誘った。

「任せた」

そう言って僧侶が不意に山のなかへ駆けこんでいった。

「まったく。女にさせるか」

苦笑した女芸人が、足を蹴躓《けつまず》かせて転んだ。

「ああっ、痛い」

女芸人が左足首を押さえて、呻《うめ》いた。手にしていた三味線が大きく転がっていった。

「……どうした」

追いついた山内が、少し離れたところから訊いた。

「足を、足を」

着物の裾《すそ》を乱し、女芸人が顔をゆがめた。

「…………」

山内が周囲を警戒した。

「お侍さま、畏れ入りますが、お手を貸してくださいな」

女芸人が身をひねって、左手を伸ばした。もとから緩んでいた胸元が、完全にくつろぎ、胸乳が露わになった。

「……うっ」

あられもない姿に山内が呻いた。

「痛くて……」

女芸人が涙を流した。

「わかった。なにも持ってはおらぬな」

「ご覧のとおり、手ぶらで……」

眉をひそめながら女芸人が両手を拡げて見せた。その行為がいっそう襟を拡げた。

武器を持っていないことを確認して山内は近づいた。

「ありがとうございまする……あっ」

手を引かれた女芸人が、立ち上がりかけてよろめいた。

「痛いっ」

ふたたび転びそうになった女芸人が、山内へすがりついた。

「大事ないか……ぐっ」

受け止めた山内が呻いた。

「素裸にしても油断しちゃいけないんだよ。女には人に見えない隠し場所があるからねえ」

すっと女芸人が離れた。

山内の胸に笹の葉のような薄刃の刃物が滑りこんでいた。

「馬鹿だね、男は。女が少し隙を見せれば、すっかり警戒を忘れる」

薄刃の刃物を抜いた女芸人が、小さく笑った。

「ふふふふ」

女芸人が山へと消えた。

「山内」

そのすぐ後に石井たちが駆けつけた。

「あいつらはどこへ行った」

「見当たりませぬが」

石井が山内に問いかけ、左田が僧侶と女芸人を探した。

山内が崩れ落ちた。

「……山内」

「うおっ」

二人が驚愕した。

「死んでいる」

左田が息をのんだ。

「やられたか」

石井が、太刀《たち》を抜いた。

「どうかされましたかの」

三島側から僧侶が山道を上がってきた。

「おや、ご病人でございますか」

僧侶が近づいてきた。

「止まれ」

切っ先を突きつけて石井が僧侶を制した。

「お仲間かと思っておりましたが、野盗だったとは」

足を止めた僧侶が、首を振った。

「盗賊ではないわ。きさま、先ほど関所から出て行った坊主だな」

石井が詰問した。

「たしかに、そうでございまするが、それがどうかいたしましたかの」

僧侶が首をかしげた。

「女芸人はどこへ行った」

「……女芸人でございますか。はて」

左田に言われた僧侶が首をかしげた。

「拙僧はずっと一人旅でござる。坊主が女芸人と旅をしておっては、罰《ばち》が当たりましょう」

笑いながら僧侶が否定した。

「嘘をつくな」

厳しい声で石井が咎めた。

「よろしいのか、その方を放置して置いて。今なら助かるかも知れませぬぞ」

僧侶が倒れている山内を指さした。

「死んでいるのだ」

わめくように左田が返した。

「はて。傷は見えませぬが」

じっと僧侶が山内を見た。

「そういえば……」

左田があわてて山内の側に屈《かが》みこんだ。

「どうだ」

僧侶から目を離さず、石井が訊いた。

「斬られていませぬ」

「では、生きているのか」

「……脈はございませぬぞ」

首の血脈に触れた左田が首を振った。

「どういうことだ」

石井が戸惑った。

「死者ならば弔ってあげねばなりますまい」

懐から僧侶が数珠《じゅず》を取り出した。左手に数珠を、右手に錫杖《しゃくじょう》を持って僧侶が読経《どきょう》を始めた。

「南無阿弥陀仏……」

「……」

左田が瞑目した。

「あたしをお探しでございますか」

後ろから、不意に女の声がした。

「こやつ」

思わず石井が振り向いた。

「ふぬ」

僧侶が錫杖を振った。

錫杖とは一尺（約三十センチメートル）ほどの棒の先に、金属の冠を付けた仏具である。その金属の冠に穴が開いており、その穴にいくつもの金輪が通されていた。振れば独特の音がし、山で修行する僧侶たちの熊避《よ》け、蛇よけとしても重宝されている。

「あくっ」

後頭部を叩かれて、石井が白目を剝いた。

「なんだと」

驚愕した左田が、太刀《たち》の柄《つか》に手をかけた。

「しゃっ」

それより早く、錫杖がひるがえり、左田の頭頂部を撃った。

「があ」

苦鳴を最後に左田が死んだ。

「やれ、今の侍は情けないな。命のやりとりをした経験がないから、簡単に気がそれる」

僧侶が嘆息した。

「そのおかげで生きていられるのだ。感謝しないと」

女芸人が死んだ三人を見下ろした。

「さて、日が暮れる前に関所をこえておこう。こやつらだけとはかぎらぬ。小田原の宿で見張らねばならぬ」

数珠を懐へ仕舞った僧侶が、女芸人を促した。

峠道とはいえ、旅人の往来は多い。すぐに松平家家中の死体は見つけられ、箱根の関所へ報された。

「さきほどの御仁ではないか」

箱根の関所は大騒動になった。

老中の家中が箱根の山中で殺された。下手《へた》をすれば大久保家に傷が付く。すぐに早馬が小田原城へと走った。

「どうやら見つかったみたいだねえ」

馬に追い抜かれた女芸人が言った。

「気にすることはない。今から小田原城へ報せて、そこから江戸の藩邸へ。江戸の藩邸から松平伊豆守のもとと、何段階もある。そのころには、我らは合流して、江戸へ向かっている。念のため、小田原で身形《みなり》を替えるとしようか」

僧侶が錫杖を鳴らした。

関所から報せを受けた大久保家の家老たちは、頭を抱えた。

「隠しとおせぬのか」

死体を身元不明としてしまえば、松平伊豆守の咎めは来ない。家老の一人が提案した。

「報さぬわけにはいくまい」

筆頭家老が首を振った。

「多くの旅人に見られたのだ。隠せるものではない。もし、知らぬ顔をして、後日露見すれば、いっそうまずいことになる。それこそ、関所を預かるに不足として、国替えを命じられかねぬ」

「ううむ」

家老たちがうなった。

小田原は譜代大名垂涎《すいぜん》の土地であった。まず江戸に近い。参勤交代も一日泊まるだけですむ。費用は他の大名に比べて、半額にも満たない。さらに箱根の難所を抱えているおかげで、旅人の泊まりが多い。宿場が栄えれば、城下が繁栄する。城下が潤えば、大久保家も豊かになる。遠方の譜代大名たちが、金に困りだしているのに比して、大久保家は裕福であった。

「我が藩が殺したわけでもない。見殺しにしたわけでもない」

「たしかにそうだが……それで松平伊豆守さまが納得してくださるか」

議論はなかなかまとまらなかった。

二代将軍秀忠の信頼が厚かった大久保家だが、それが災いした。家康の寵臣だった本多正信《ほんだまさのぶ》と、秀忠の老中大久保忠隣《ただちか》の権力争いが始まった。家康の意志を押し通そうとする正信に対し、将軍となった秀忠の考えこそ優先されるべきとする忠隣の戦いは、大久保一族の長安《ながやす》によって決着した。

幕府の金山奉行として力を振るった長安が死んだとたん、その生前のおこないを正信が糾弾、ついに家康の裁定で長安は罪人となった。一族が罪となれば、連座が適用される。忠隣は改易され、忠隣は失意のうちに死亡した。

正信が死に、その息子正純《まさずみ》が謀叛の疑いで改易流罪となってようやく大久保家の復興が許され、三代を経て小田原の地へ戻ることができた。

大久保家には一度潰された記憶が色濃く残っていた。

「詳しい報告を待つ」

国家老の一言で、その日の評議は終わった。

翌日、関所から駕籠に乗せられて三人の遺体が小田原へ着いた。

「なんだこの傷は」

二人が撲殺、一人がみょうな刃物で心の臓を一突きにされている。

「任せるしかあるまい」

やっと小田原で遺体の江戸搬送が決まった。

さらに一日経《た》って、早馬が小田原城下を出た。

「のんびりしたものだ」

旅籠の二階から街道を見下ろしていた僧侶が笑った。すでに僧侶の姿ではなく、黒羽織に小倉袴《こくらばかま》の侍体《てい》に変わっていた。

「でございますね」

部屋の奥から涼やかな声がした。

「ふん。今から口調を替えずとも良かろうに」

女芸人から武家娘風になったくの一へ、僧侶が言った。

「どこで見られているかも知れないんだよ。武藤《むとう》さま」

一度口調を崩したくの一が、ふたたび武家娘に戻った。

「わかった。では、行くぞ。三人とも」

武藤と呼ばれた男が、部屋のなかにいた三人のくの一に命じた。

死者を受け取った松平家は騒然となった。

「石井、山内、左田」

首藤巌之介が、歯を食いしばった。

「儂も行くべきであった」

悄然《しょうぜん》として首藤巌之介が、松平伊豆守へ報告した。

「そうか。かわいそうなことをした。ていねいに葬ってやれ。三人の家督は支障なく認めてやれ」

悲痛な声で松平伊豆守が命じた。

「かたじけなき仰せでございまする」

首藤巌之介が礼を述べた。

「やはり、先行させておったな」

松平伊豆守が宙を睨んだ。

「もう一度人を出しまする」

「無駄じゃ。箱根の関所をこえたところでやられたのであろう。もう刺客たちは江戸へ着いているだろう」

小さく松平伊豆守が首を振った。

「ただちに人を出して」

「この江戸で探し出せるはずもない」

腰をあげようとした首藤巌之介を松平伊豆守が止めた。

「ではどのように……」

「深室に期待するしかあるまい」

松平伊豆守が瞑目した。

「下がれ」

首藤巌之介を松平伊豆守が遠ざけた。

「吾が手でかたをつけられぬとは……これほど無力を感じたことはない。老いたわ」

力なく松平伊豆守が呟いた。

第三章　側近の欲

一

牧野成貞《なりさだ》は綱吉の傅育を任された旗本であった。

「十二歳の女《おなご》を右馬頭さまのお側《そば》に……」

桂昌院の話を聞いて牧野成貞が驚いた。

「幼すぎませぬか。男にとって初めての相手は歳上《としうえ》がよろしいかと。事実、右近衛中将綱重さまのご愛妾お保良の方さまは、九つ歳上だそうで」

牧野成貞が述べた。

「歳上は、だめじゃ。綱吉さまを己の思うままにしようとする。歳上の女は男を吾《わ》が子と思うらしい。話によると順性院とお保良の仲は犬猿だという」

だめだと桂昌院が首を振った。

「さらに右近衛中将どのは、昨今お保良の言うことばかり聞き、順性院をないがしろにしているらしい」

「お吉《よし》でございますか」

「うむ」

桂昌院が首肯《しゅこう》した。

四代将軍家綱に子供ができなければ、五代将軍の座につくのは弟の綱重か綱吉である。当然、互いに相手のことを警戒している。桂昌院は順性院の手元へ腹心の女中を送りこんでいた。

もちろん、順性院も桂昌院のもとへ手を忍ばせている。

「しかし、十二歳で男を受け止められまするか」

牧野成貞が腕を組んだ。

「妾《わらわ》は十三歳で家光さまのお側にあがり、二十歳のおり右馬頭さまを産みましてございまする」

「それは……」

事実に牧野成貞は反せなかった。

「十三歳の妾が、家光さまのお情けを受けられた。おなじことが伝《でん》にできぬはずはない」

桂昌院が大丈夫だと答えた。

「お方さまが仰せられるならば」

「ただの、伝の身分がな」

「低いのでございますか」

口ごもる桂昌院に牧野成貞が問うた。

「うむ。黒鍬《くろくわ》の娘なのじゃ」

「黒鍬でございまするか」

牧野成貞が悩んだ。

「誰ぞ、よい養女先はないか」

「難しゅうございまする」

小さく牧野成貞が首を振った。

「なぜじゃ。どこにでもあることであろう」

桂昌院が訊《き》いた。

「右馬頭さまが、将軍家にお成りあそばしているか、大名として確定しているならば、どうにでもできまする。千石あたりの旗本に因果を含めればすみまする」

将軍家の側室の親元になる。これは大きな名誉であった。もし、その側室が男子でも産んで、世継ぎとなれば大名となるのも夢ではなくなるのだ。対して親藩大名の側室とならば、そこまでではないが、その引きで役職に就いたり、出世したりできる。

「なぜ今はならぬのだ」

「悪評となりかねませぬ」

「……悪評」

わからぬと桂昌院が首をかしげた。

「身分賤しき者しか側室にできぬ」

「なにっ」

「あるいは、大奥へ入れられぬような身分低い女を寵愛《ちょうあい》されるお方などは、将軍にはふさわしくないと」

「ぶ、無礼な」

　桂昌院が怒った。

「誰がそのようなことを……」

　憤慨した桂昌院が、言葉を止めた。

「甲府か」

「はい」

　牧野成貞が首肯した。

「お側へ最初にあげるならば、せめて旗本の娘を」

「だめじゃ」

　桂昌院が牧野成貞の提案を拒絶した。

「伝でなければならぬ」

「なぜでございまするか」

　こだわる桂昌院に牧野成貞が疑問を呈した。将軍の弟で館林二十五万石の主となった綱吉なのだ。大名の姫を側室とはいかぬが、数百石ていどの旗本ならば、喜んで娘を差し出す。

「黒鍬の娘だからじゃ。伝を綱吉さまの側室とすれば、黒鍬が味方になる」

「……………」

牧野成貞が沈黙した。

「黒鍬とはどのような者か、知っておろう」

「いささかは」

問われて牧野成貞が首肯した。

黒鍬者は十二俵一人扶持《ぶち》で、駕籠《かご》の者、中間《ちゅうげん》、掃除の者、小人らとともに五役と言われた。目付の支配を受け、平素は江戸の通行の差配をおこなった。

「中間小者の類《たぐい》でございまする」

「違うのじゃ」

桂昌院が否定した。

「……どう違うと」

牧野成貞が尋ねた。

「黒鍬は忍《しのび》なのじゃ」

「それはまことでございまするか」

「春日局さまより、教えていただいた」

声を潜めて桂昌院が述べた。

桂昌院は三代将軍家光の乳母であった春日局の部屋子から家光の側へあがった。春日局にかわいがられ、娘同然に扱われていた。

「春日局さまは美濃の武将斎藤内蔵助《さいとうくらのすけ》どのが娘。そして美濃は甲州武田《たけだ》家と長く争った土地。甲州武田家の金山掘りであった黒鍬者の手で、いくつもの城や橋が壊されたとか。戦国で敵地に入りこみ、そのような工作ができる者といえば忍しかあるまい」

「なるほど。そういえば、黒鍬者は、家康さまが小田原攻めのおり甲州から召し出したと聞いた覚えがございまする」

手を打って牧野成貞が思い出した。

「ですが、忍がお入り用ならば、伊賀者を雇えばすみましょう。伊賀の乱以来、あやつらは冷や飯を喰《く》わされておりまする。少しの金か禄で、こちらにつきましょう」

牧野成貞が言った。

「伊賀者はだめじゃ。名前が通りすぎておる。伊賀者が館林に出入りしていると知れただけで、甲府は黙っておるまい」

「たしかに」

「その点、黒鍬者が忍であると知っておる者は少ない。娘が綱吉さまの側に上がったならば、黒鍬者が館に出入りしても不思議ではあるまい」

「仰せのとおり」

桂昌院の言葉に牧野成貞は同意した。

「そして、黒鍬の故郷は甲府。城下のことにも詳しかろう。親戚や知り合いもおろう」

「……それは」

牧野成貞が息をのんだ。

「甲府で一揆や火事が起これば……右近衛中将どのの政《まつりごと》の鼎《かなえ》が問われよう。二十五万石さえも治めきれぬ者に天下はとても……」

「……………」

口の端をゆがめて言う桂昌院に、牧野成貞が沈黙した。

「わかったであろう。黒鍬を味方に付ける利が」

「……はい」

牧野成貞がうなずいた。

「なんとか伝に綱吉さまのお手をつけねばならぬ。頼む、牧野」

桂昌院が身体《からだ》を傾けて、牧野成貞の膝《ひざ》に手を置いた。

「わたくしの預かりといたしましょう」

牧野成貞が述べた。

「そうしてくれるか」

喜びの表情を桂昌院が浮かべた。

こうして牧野成貞の預かり子となった伝は、いきなり綱吉付きの中﨟《ちゅうろう》となった。

「名をなんと申す」

目通りを許した綱吉は、伝が名乗る前に問うた。

「伝でございまする」

十二歳の少女は、蚊の鳴くような声で答えた。

「そうか」

綱吉がうなずいた。

「おそろしい女じゃ」

同席していた牧野成貞が舌をまいた。一目で伝は綱吉を虜《とりこ》にしていた。名を問われた女中は、身体の障《さわ》りがないかぎり、その夜の閨《ねや》に侍《はべ》る決まりである。

「忍の女か、どれが本性なのだ」

初めて見たときから牧野成貞は、伝のしたたかさに驚いていた。黒鍬者の娘である。喰うや喰わずに近い生活だったはずなのに、十二歳とは思えぬ肢体、上品な物腰で伝は、見事に牧野成貞の娘となりおおせた。

「お気に召しましたか」

伝を下がらせてから牧野成貞は綱吉に訊いた。

「うむ。なにやら母を思わせる」

綱吉が素直に答えた。

「では、今宵《こよい》、お側に参らせまする」

「……成貞」

不安そうな表情を綱吉が浮かべた。

「女とはどう扱えばいいのだ。四書五経には載っておらぬ」

綱吉が戸惑っていた。

「ご案じなさいますな。男と女でござる。互いが相手を求めるのは、子を残すという人の本能」

「そうか。そうなのか」

「はい。孔子さまもそうやってお生まれになり、子孫を残されたのでございまする」

ゆっくりと牧野成貞が述べた。

「そうであったな」

「殿は伝にすべてお任せになればよろしゅうございまする」

「うむ」

ほっと綱吉が安堵《あんど》した。

「では、わたくしは伝へ申して参りまする」

「頼むぞ」

綱吉がうなずいた。

御座の間外で伝が、牧野成貞を待っていた。

「お声がかかった」

「はい」

牧野成貞の言葉に伝がほほえんだ。

「今夜、お側にあがるように」

「承知いたしましてございまする」

「殿のお手がついたとなれば、奥に局《つぼね》を与えねばならぬ」

「ありがたいことでございまする」

伝が牧野成貞ごしに、御座の間のほうへ頭を下げた。

破格の中臈として神田館へ入った伝だが、身分は桂昌院付きでしかない。桂昌院の局で、他の女中たちとともに生活する予定であった。それが一気に変わった。

「本来ならば、お子さまを産んでお部屋さまとなってから局を持てるのだが、そなたは殿の初めての相手となる。しばらくは毎日のようにお呼びがかかるであろう。それでは、桂昌院さまの御用を承《うけたまわ》るなどできまい。よって格別な計らいをされた」

「わかっておりまする」

しっかりと伝がうなずいた。

「局を持つとなれば、身のまわりのことをする女中たちも入用になろう。そなたの知り合いでもあれば、申し出るように」

「ありがとうございまする」

理解した顔で伝が受けた。

「殿のこと頼むぞ」

「お任せくださいませ」

伝が頭を下げた。

その夜から、綱吉は伝の身体に障りがない限り、共寝を命じるようになった。

二

「ええい、まだだめだと申すか」

桜田館で綱重が荒れていた。

「二条家の姫さまがお輿《こし》入れなさるまででございまする。ご辛抱のほどを」

新見備中守正信が、必死になだめた。

「もう三十日も保良を抱いておらぬのだぞ」

綱重が、鼻息も荒く言った。

「わかっておりまする。しかし、保良さまもご懐妊中でございまする。余りお召しになりますると、お腹《なか》にさわりましょう」

「ならば、他の女を用意いたせ」

「それをご辛抱くださいませ。ご婚礼がすみまするまで、なにとぞ」

平身して新見備中守が願った。

「余にさっさと子を作れと保良を与えたのは、備中、そなたであったはずじゃ」

「……さようでございまする」

「余は言われたとおり、保良を抱いた。そのおかげで保良の腹に子が宿った。これはめでたいことではないのか」

「祝着至極に存じあげまする」

「孕《はら》んだ女は大事にせねばならぬ。母からもそう言われた。ゆえに、保良が閨に来ぬのは我慢する」

「畏《おそ》れ入りまする」

いらだつ綱重に新見備中守は応えた。

「子が要るならば、孕んでおらぬ女を用意するべきであろう。保良が産むのは一人ぞ」

「そのとおりではございまするが、今は少し時期が悪うございまする。せめて二条家との婚礼が正式に決まりまするまで、お待ちを願いまする」

「いつじゃ」

「すでに御用部屋に話はとおしてございまするので、あとは上様のお許しだけでございまする。そのあと京へ通知が行き、所司代をつうじて二条家へ。二条家からの返答は佳《よ》き日を選んでとなりますので、およそ一カ月ほどですむかと」

「さらに一カ月待てというのか」

綱重がどなりつけた。

「伏してお願いいたしまする」

新見備中守は綱重の辛抱を頼むしかなかった。

「そなたでは、話にならぬ」

綱重が席を立った。

「どちらへ」

「母のもとへ参る」

「順性院さまの」

　息子が母親に会う。それを止めることはできなかった。

「こちらへ、お出でいただけば」

「子が親のもとへ向かう。当たり前のことだ」

足音も高く綱重が、館の奥へと入っていった。

「くっ」

奥との仕切りである杉戸の前で新見備中守は止まった。

御殿の奥は男子禁制であった。いかに綱重傅育《ふいく》の新見備中守とはいえ、許されなかった。

「まったく、我慢というのを知らぬ」

一人になった新見備中守が、吐き捨てた。

新見備中守を置いてきぼりにした綱重に、奥女中がすぐに気づいた。

「殿さまのお渡りでございまする」

奥は一気に騒々しくなった。

江戸城ほどではないが、桜田館の奥はちょっとした大名の上屋敷など比べものにならないほど大きい。これは、桜田館が、甲府藩の上屋敷というより、将軍家身内衆の屋敷という性格のものだったからである。

二十五万石とはいえ、大名ではない。それが甲府と館林であった。大名とは武家諸法度にきびしく規定されていた。

一万石以上の石高と領地を持ち、参勤交代する。

これが大名なのだ。将軍の弟として江戸からでたことのない綱重と綱吉は、大名ではなかった。

しかもこれは、お付きの者たちが望んでしたことであった。

過去将軍の子供たちは、大領を与えられて大名となった。越前松平、御三家の尾張、紀州、そして家光の弟忠長《ただなが》がいい例であった。

これらはすべてその子供たちの父の手配であった。しかし、今回は違った。子供たちを独立させるまえに家光が死んだ。

家光は死のわずか十七日前に、綱重、綱吉へ賄《まかな》い領を与えただけだった。賄い領とは、その名のとおり生活するための費用を生み出すものでしかなく、賄い領として与えられた土地は、天領のままであった。

これを綱重、綱吉に付けられた家臣たちは利用した。賄い領はどれだけ大きくとも、独立した大名としての扱いは受けない。あくまでも将軍の弟としての立場を維持し、江戸城内へ留《とど》まることが許される。

御三家とは違う、前将軍家光の息子という立場に付けられた者たちは固執した。

これが将軍家綱に万一があったときに生きてくる。

独立した藩主となってしまえば、御三家と同列になり将軍継嗣で争わねばならなくなるが、身内のままでいれば、綱重、綱吉だけで奪い合うだけですむのだ。

綱重、綱吉に付けられた家臣たちにしてみれば、将軍家直臣《じきしん》から、名ばかりの直臣格という陪臣へ落とされた身分を戻すために、譲れない条件であった。

もちろん、この状況を危ないと見ている者もいた。松平伊豆守、阿部豊後守ら先代の執政である。しかし、二人にとって絶対の家光が遺言のようにして与えた賄い領をどうこうすることはできなかった。

「綱重どの。どうなされた」

奥女中に報《しら》された順性院が、急いで出迎えた。

「母上……」

「お話は母の局でいたしましょうぞ」

順性院が綱重の手を引いた。

「我慢が……」

座るなり用件に入ろうとした綱重を順性院がそっと抑えた。

「まずはお茶をいただきましょう」

順性院が奥女中に茶の湯を点《た》てさせた。

「……」

綱重も母の言うことに黙って従った。

「いただきまする」

目の前に出された茶へ綱重が手を伸ばした。

「それは母が」

綱重より先に順性院が茶碗を取り、一口だけ啜《すす》った。

「お飲みなされませ」

毒味をした順性院が茶碗を差し出した。

「母上……」

命をかけて己を守ってくれる母に、綱重が目を潤ませた。

「いただこう」

綱重が残った茶を一気に飲んだ。

「皆、遠慮いたせ」

息子が落ち着いたのを確認した順性院によって、人払いがおこなわれた。

「綱重さま、いかがなされました。ずいぶんとお腹立ちのようでございましたが」

吾が腹を痛めて産んだ息子とはいえ、家光の血を引いている。順性院はていねいな口調で問うた。

「母よ、備中が、余に辛抱せよと言うのだ」

綱重が話した。

「なるほど。それは備中守どのがいけませぬ」

順性院がうなずいた。

「側室の一人くらい、世間の目から隠せぬということなどございませぬ」

「であろう、母上」

「はい。母にお任せくださいませ。今夜にでも殿のご寝所へ新しい側室を侍らせまする」

「大事ないか。母上が備中に叱られるようなことには」

「なりませぬ。備中守どのにも報せなければよろしいのでございまする。奥で守りとおしまするゆえ」

しっかりと順性院が保証した。

「つきましては、綱重さま、お気に召した女はおりましたか」

順性院が問うた。

「誰でも良いのか」

「はい。この奥におりまする女はすべて、綱重さまのものでございまする。お心のままになされてよろしゅうございまする」

「ならば、先ほど茶を点てた女がよい」

「吉でございますか」

少し順性院の目つきが厳しくなった。

「いかぬのか」

母の気分を子は敏感に感じ取る。綱重が順性院の顔色をうかがった。

「とんでもございませぬ。お望みのとおりにいたしまする。ただ、急なこと。吉の準備もございまする。しばし、ときをちょうだいいたしたく」

「かまわぬ」

綱重が許した。

「では、わたくしが、話をして参りまする。殿は、一度表へお戻りなさいませ」

「備中が怒らぬか」

不安そうに綱重が訊いた。

「目通りを三日ほど許さねばよろしゅうございまする。その間にことをすませてしまえば……」

「わかった。そういたす」

綱重がよろこんで帰っていった。

息子を見送った順性院が、局へ戻った。

「よりによって吉をお目に止められるとは」

順性院が苦い顔をした。

吉が桂昌院の手の者だと、順性院はかなり前から気づいていた。ゆえに吉の点てたお茶を毒味したのだ。かといって遠くへやると、目が届かなくなる。順性院は、わざと吉を側で遣っていた。

「いかがいたすべきか。吉を放逐し、よく似た女をお側へあげるか」

順性院が独りごちた。

「いやだめじゃ。綱重さまが気づかぬはずはない」

己の案を順性院は否定した。

「ふうむ」

順性院はうなった。

「これを逆手に取れぬか。吉に殿のお手がついたとなれば、桂昌院はどう思う。良い機会と手出ししてくるか、それとも吉が裏切ったと考えて切り捨てるか」

一人で順性院は桂昌院の手を考えた。

まだ大奥にいるころから、順性院と桂昌院の仲は悪かった。ともに家光の寵愛を競いあった女としての嫉妬が始まりであった。そして、今は次期将軍に己の息子をと策謀する仇敵同士として憎しみあっていた。

「吉がこちらに寝返ったとなれば、桂昌院は愕然《がくぜん》とするであろうな。そして、己の手の者を信じられなくなろう。吾が手へ入れるくらいじゃ、よほど吉を気に入っていたはずだからの」

暗い笑いを順性院が浮かべた。

「吉をこれへ」

身のまわりの世話をする中臈へ、順性院が命じた。

「よろしいのでございまするか。あの者は……」

中臈がためらった。

「かまわぬ」

「……承知しました」

主《あるじ》の言葉に逆らうことはできなかった。

「入りなさい」

中臈が吉を連れてきた。

「お呼びでございましょうか」

不安などいっさい見せず、吉が問うた。

「みごとじゃの」

順性院が褒めた。

「それだけの胆力、殿のお相手にふさわしい」

「なにを仰《おお》せでございまする」

わからないと吉が首をかしげた。

「よろこべ、そなたに殿のお側に侍る名誉が与えられた」

「えっ」

吉が息をのんだ。

「……それはできませぬ」

あわてて吉が拒んだ。

「なぜじゃ。殿のお目にとまるなど、女としてこれ以上の幸せはないぞ」

笑いながら順性院が言った。

「わたくしには、決めたお方が……」

「黙りや」

順性院が怒鳴った。

「桜田のお館へあがるおり、誓書をしたためたはず。奥のしきたりにしたがい、終生の奉公をするとな」

「……それは。わたくしはそこまで身分の高い女中ではございませぬ。数年で宿下がりをして、嫁に行くつもりで……」

吉が抵抗した。

大奥を始め、どこの家中の奥でも終生奉公であった。もっともこれは一定以上の身分の女中だけであり、雑用をこなす下級女中には適応されない決まりであった。桜田館よりも厳しい大奥でも、商家の娘や旗本御家人の娘などが行儀作法を身につけるため、あるいは貧しい家計を助けるために奉公へあがっている。それらは数年務めて、大奥務めという箔《はく》を身に纏《まと》い、宿下がりして嫁に行った。

「宿下がりをして嫁に行く……神田館へ戻るのまちがいであろう」

冷たい目で順性院が睨《にら》んだ。

「………………」

指摘されて吉が息をのんだ。

「気づかれていないとでも思っていたのか」

「……いつから」

「参った日からよ」

「そんなはずは……」

　吉が目を見張った。

「五代将軍となられるたいせつな綱重さまのお側に、みょうな者を近づけるとでも思ったのか。奥へあがる者はすべて、三代にさかのぼって身元を調べておるわ」

「ではなぜ」

「獅子《しし》身中の虫は知っていて飼えば、けっこう役立つ。そう、偽りの話を流させるのに便利なのだ」

「あああああ」

　嘲笑《ちょうしょう》する順性院に吉が絶望した。

「露見した細作《さいさく》は殺されるのが決まり。覚悟くらいはできておるのだろう」

　順性院が吉を見つめた。

「……くっ」

　胸の守り刀へ吉が手をかけた。

「親元はどうなるかの」

「そのような者」

「そなたが届けた遠江屋《とおとうみや》ではないぞ。百五十石であったかな。須崎千衛門《すさきせんえもん》は」

「……ひくっ」

吉の動きが止まった。

「徹底して調べたと申したはずだ。本当の親元を探すなど、赤子の手をひねるよりも簡単だったぞ」

刺すように順性院が指摘した。

「さあ、死んでみるがいい。綱重さまのお声掛かりを嫌がっての自害。親元が無事にすめばよいがの」

「卑怯な……」

「いつ毒を盛るかわからぬ女を忍ばせる桂昌院とどちらが卑怯かの」

「………」

守り刀を吉が落とした。

「そなたが取れる道はただ一つ。綱重さまの寵愛を受けることだ」

「できようはずはない。わたくしは桂昌院さまに忠誠を誓った」

吉が首を振った。

「そなた男は」

「汚らわしいことを言うな」

問いに吉が怒った。

「ならば抱かれてみるがいい」

順性院の声が柔らかくなった。

「妾《わらわ》とて望んで、家光さまのお側へあがったのではないぞ」

「なにを」

吉が戸惑った。

「妾は京の生まれでの。家は町人じゃ。鷹司《たかつかさ》さまのお屋敷へ出入りしていたため、家光さまの御台所中《なか》の丸《まる》さまのお付きに選ばれ江戸へ出てきた。出が町人じゃ、数年江戸でおれば、かなりのものをいただいて京へ帰れると思っておった。その妾に家光さまが手をつけられた。どこでだと思う」

「わからぬ」

訊かれて吉が首を振った。

「お湯殿でぞ。御台所の中の丸さまは妬心《としん》の強いお方でな。家光さまはなかなか他の女に手を出せなかった。その中の丸さまの目も湯殿までは付いて来ぬ。そこで家光さまは、妾をお抱きになった。それこそ、最初は無理矢理ぞ。だが、お目通りもできぬ湯殿係の女中に、家光さまを拒めるものか。中の丸さまの目がないというのもあって、お湯殿に来られる度《たび》に、家光さまは妾を抱かれた。抱けば子ができる。当然のことよな。そうしてようやく妾は、お部屋の身分をちょうだいした」

「…………」

吉が聞き入った。

「妾とて夢はあった。いずれお暇《いとま》をいただき、都へ戻って嫁に行き、子を産み、育てるという娘らしい夢がな。それは家光さまの戯《たわむ》れで潰《つい》えた。恨みもしたぞ」

「そのようなこと口にして」

側室が将軍を恨むなど、他人に聞かれればただではすまなかった。

「もうはるか昔のことじゃ。家光さまもお亡くなりになってしまわれた今、誰が妾をとがめるというのじゃ」

小さく順性院が笑った。

「そしてなにより、妾は家光さまをお慕い申しておる」

「えっ」

まったく違うことを言われた吉が声をあげた。

「男女というのは不思議なものじゃ。何度か身体を重ねているうちに、心が近づいていくのよ。最初はお言葉さえくださらなかった家光さまが、やがて妾の名前を呼ばれるようになり、お話もしてくださった。妾もいつのまにか家光さまに甘え、そのお出でを待つようになっていった。真実、お腹に子を授かったと知ったときは、涙が出るほどうれしかったのじゃぞ」

順性院がほほえんだ。

「綱重さまは、まだ幼い。藩主としての仕事もなく、一日を無為に過ごされているだけでは、なかなかお育ちにならぬ。それをお助けするのは表の男どもではない」

「傅育のお方ではないと」

「そうじゃ。男どもはどうしても綱重さまを腫《は》れ物にさわるようにしかせぬ。対して、女は違う。女は抱きしめるだけで男にやすらぎを与えることができる。吉、綱重さまが、そなたをお求めになったのは、摂理なのじゃ」

「しかし……わたくしは桂昌院さまの」

「実家のことは心配いたすな。ただちに当家に引き取るようにいたす。禄も増やしてやる」

そう言って順性院が吉を見た。

「もし、そなたが男子を産めば、その子が六代将軍となるやも知れぬのだぞ」

「わたくしが、将軍生母」

吉が息を呑んだ。

「女はの、生まれもなにも要らぬのだ。玉の輿に乗るには、人より目立つだけの容姿とほんの少しの好機があればな」

順性院が吉の側へ寄った。

「知っておるか。京の庶民でしかなかった吾が実家は、今や千石で甲府家の家老を務めておる。庶民でさえここまで出世できるのだ。御家人とはいえ直参のそなたの実家なら、三千石にはいくだろう。もし、男子を産めば万石も夢ではないぞ」

吉の耳元で順性院がささやいた。

三

深室賢治郎は、松平伊豆守信綱から聞かされた話を家綱に報告するかどうか悩んでいた。

「ご負担をおかけするわけにはいかぬ」

松平伊豆守から寵臣のあるべき姿を教えられた賢治郎は、まず己のできることをしなければならないと考えるようになっていた。

「紀州公の人柄を知りたい」

賢治郎はつぶやいた。

面識はあった。しかし、あのていどで徳川頼宣がなにを考えているか見抜けるほどの眼力を賢治郎はもっていない。

「なにを言われました」

不意に声をかけられた賢治郎は、驚いた。

「三弥どのか」

居室に三弥が入ってきていた。

「襖《ふすま》を開ける前に、一言報せていただきたい」

賢治郎が苦情を申し立てた。

「わたくしの生まれ育った家でございまする」

三弥が拒んだ。

「しかし、着替えをしていることもございましょう」

「夫の着替えを妻が見て、なんの支障がございましょう」

重ねての抗議も受け流された。

「わたくしの質問にお答えを戴《いただ》いておりませんが」

咎《とが》めるような口調で、三弥が言った。

「………」

堂々とした三弥に、賢治郎はあきらめた。

「人となりをどうやって知ればよいのかと考えておりました」

「それならば直接会えばよろしゅうございましょう。百聞は一見にしかずと申しまする」

三弥がなにを悩むほどのことがあると述べた。

「会えぬゆえに困っておりまする」

「さようでございましたか。となれば、そのお方をよくご存じの方にお話をうかがうしかございませぬ」

すぐに三弥が答えを変えた。

「よく知っているお方か」

「はい。親御さま、ご兄弟、ご親類、ご友人、お仕事上の上役、同僚、部下、ああ、ご近所の評判というのもございまする」

よどむことなく三弥が話した。

「さすがでござるな」

すばやく応えられる三弥の聡明さにあらためて賢治郎は感心した。

「ふうむ」

三弥を褒めた賢治郎が腕を組んだ。

頼宣の場合、親はすでになく、親戚や友人もそのほとんどは泉下の人となっている。近所で聞くなど論外であるし、上役や同僚もいない。

「残るは兄弟か」

「ご兄弟はおられるのでございまするか」

「お一方《ひとかた》おられるが、あいにく江戸ではない」

「遠方でございまするか。それはちと面倒でございますね」

三弥も思案した。

「親戚などはおられませぬのか」

「おられる」

頼宣の親戚といえば、まず将軍家綱である。続いて甲府綱重、館林綱吉、そして御三家の尾張、水戸であった。

「水戸か」

そのなかから賢治郎は一人を選んだ。水戸家の初代頼房《よりふさ》は、頼宣の同母弟になる。もっとも頼房は昨年死去しているが、母も同じであれば、それなりに知っているだろうと賢治郎は考えた。

「……水戸」

三弥が聞きとがめた。

「いや、なんでもござらぬ。それより、何か御用でございますのか」

賢治郎はごまかした。

「ああ。賢治郎さまにお手紙でございまする」

「わたくしに手紙」

言われて賢治郎は首をかしげた。

実家とは途絶状態である。また名門旗本というのもあって、友人と呼べる同年代とのつきあいはない。かろうじて家綱のお花畑番の同僚が近いとはいえ、実家を追い出された賢治郎とのつきあいなどとっくに切れていた。

「上野の善養寺《ぜんようじ》さまからでございますよ」

「師か」

賢治郎は手紙を受け取った。

「……師」

三弥が賢治郎を見た。

「話しておりませなんだが、わたくしの剣術の師匠でございまする。巌海和尚《がんかいおしょう》と申され、上野寛永寺《かんえいじ》の末院善養寺の住職をなされておりまする」

賢治郎が告げた。

「なんということを」

さっと三弥の顔色が変わった。

「なにか」

「夫の師匠たるお方に、なんのご挨拶もいたしておらぬなど、深室家の恥でございまする。お世話になっておるお方ならば、盆暮れにものを届けるくらいのことはいたさねば、妻のわたくしの恥になりましょう」

三弥が賢治郎をにらんだ。

「それほどのことでも」

「いいえ。妻に恥をかかせるなど……賢治郎さま。今後はどのようなお付き合いでございましても、かならずわたくしにお話しくださいますよう」

「わ、わかりもうした」

真剣な三弥の様子に、賢治郎は首肯した。

「ご覧になられませ」

三弥が促した。

「ああ」

手紙を開封した賢治郎が驚いた。

「これは……」

「どうかなされましたか」

「師が戻ってこられている」

「はあ」

意味がわからないと三弥が首をかしげた。

「厳海さまは善養寺のご住職でございましょう。どこかへ出かけておられたのでございますか」

「ああ。じつは、厳海和尚はわたくしの師である厳路《げんじ》和尚の弟弟子に当たられる方でござる。厳路師が江戸を離れてしまわれたので、その後を継いでわたくしの修行を見て下さっていたのだ」

「そういう事情でしたか」

「今日はもう遅いな」

すでに夕暮れに近い。今から上野まで行っていては、夜になってしまう。夜に他人の家を訪れるのは非常識であった。

「明日、お城から直接善養寺へ参りまする。昼餉《ひるげ》は要りませぬ」

「承知いたしました。清太はいかがされまする」

「迎えに来てもらうのも悪いゆえ、一人で参りまする」

三弥の確認に賢治郎は答えた。

「では、そのように」

優雅に一礼して、三弥が出て行った。

お髷番《まげばん》の仕事は真剣勝負である。一瞬の油断も許されなかった。もし、家綱の月代《さかやき》や頰《ほお》に傷をつけでもすれば、いかに寵臣といえども無事ではすまない。

「……ふう」

湯で温めて髭《ひげ》を柔らかくした賢治郎は、剃刀《かみそり》を滑らせるようにして家綱の顎《あご》へあてた。

「力が入りすぎているぞ」

家綱があきれた。

「剃刀が震えるのは勘弁せい」

「畏れ入りまする」

あわてて賢治郎は剃刀を離した。

「いいかげん慣れよ」

「と仰せられましても。万一お身体《からだ》に傷でもつければと」

賢治郎は恐縮した。

「少し切れたくらいで、咎《とが》めぬわ」

小さく家綱が嘆息した。

「のう、賢治郎。そなただけでも躬《み》をそういう目で見ないでくれぬか」

「……………」

家綱の声が寂しげに聞こえて、賢治郎は黙った。

「誰もが、躬を大切にしてくれる。それはありがたいことだが、どうも人ではなく、貴重な宝玉のような扱いに感じられる。躬は人であってはいけぬのか」

「そのようなことは……」

賢治郎は否定したが、強くはなかった。

「かつてお花畑番であった者たちも、それぞれに家を継いで役目についておる」

「はい」

お花畑番には、賢治郎の他に三人いた。皆千石から五千石の名門旗本の子弟であり、跡継ぎであった。

「小一郎《こういちろう》は、今目付じゃ。宗太郎《そうたろう》は、長崎奉行だそうな。竹ノ丞《たけのじょう》はなんであったかな。そうじゃ、書院番よ。皆、躬と会うこともない」

寄合《よりあい》席と呼ばれるおおむね三千石以上の旗本は、初役からして違った。目付は町奉行に、長崎奉行は勘定奉行へ、書院番は大番頭という要職への第一歩なのだ。

「もし、多門が生きておれば、そなたもそうだったろうな」

寄合旗本三千石の三男、賢治郎は、家を継ぐことはできないが、将軍家綱のお花畑番だったことで、相当な家柄から養子として迎えられるはずだった。家綱の寵愛がわかっているのだ。どこの家でも欲しがる。ひょっとすると数万石の大名もありえた。

「……………」

賢治郎は答えられなかった。

「躬はな。主馬に感謝しているのだ」

「なにを」

言われて賢治郎が絶句した。

「賢治郎を深室の家へやってくれねば、お髷番として呼ぶことはかなわなかった。もし、賢治郎がいなければ、躬は一人じゃ」

「……上様」

賢治郎は頭《こうべ》を垂れた。

「将軍は躬でなくてもよいのだ。ただ嫡男であったというだけで、躬が四代将軍となった」

「そのようなことは……」

急いで否定する賢治郎を家綱が制した。

「躬は子を作っておればすむ。それもできるだけ早く男子を産まさねばならぬ。なぜ御台所に子ができるまで待てぬのかのう」

「なにかございましたか」

賢治郎は問うた。

「うむ。本日、あらたな奥女中が大奥へ入ったらしい。上臈どもから、目通りをせよと申してきおった」

家綱が説明した。

「お目通りを」

大奥女中の目通りとは、見合いでもあった。大奥へあがる前の女中の場合は、お庭拝見として、直接将軍と顔を合わさないが、大奥の女中としてすでに入っている者は、身分さえ不足なければ、家綱との顔合わせをした。

そこで家綱が気に入り、名前を問えば、側室の誕生となった。

「躬は、御台だけで十分なのだがの」

大きく家綱が嘆息した。

家綱と御台所は明暦《めいれき》三年（一六五七）に婚姻した。家綱が十七歳、御台所浅宮顕子《あきこ》は十八歳であった。夫婦として五年、二人の仲はよく、家綱は他の女に手を出していなかった。

「子ができれば、すべてのもめごとはなくなる。そう執政どもはいうが、はたしてそうであろうか。子が一人ならば、争わずともすもう。しかし、二人、三人となれば、かならず跡目を巡っての争いが出る。父家光さまがよい例じゃ。いや、祖父秀忠さまもそう。でなくば、紀州など今更《いまさら》出しゃばってくることはなかった。同じ血を引く者は、決して相容《あいい》れぬのかも知れぬ」

家綱が首を振った。

「………」

阿部豊後守忠秋から側室を勧めるよう頼まれていたが、黙って賢治郎は、任に戻るしかなかった。

四

家綱の前を下がった賢治郎は、いつものように入り側へ残ることなく下城した。大手前を出て左に曲がり、上野へと向かった。

「ご免を」

「どなたじゃの」

上野善養寺に着いた賢治郎の訪《おとな》いを受けて、一人の僧侶が出てきた。

「来たか」

住職の巌海であった。

「お報せをいただき、ありがとうございました」

賢治郎は礼を述べた。

「ああ。人を走らせようにも、吾が寺に小僧はおらぬからな。手紙を託すしかない」

小さく巌海が手を振った。

「それで、師は」

「本堂で寝てござるわ」

巌海が苦笑した。

「お休みでございまするか」

師の眠りをじゃまするわけにはいかなかった。

「気にすることはない。側に行けば起きるだろう」

気落ちした賢治郎に巌海が言った。

「よろしゅうございますので」

「そのくらいできなければ、剣術遣いなどやってられぬよ」

あがれと巌海が促した。

善養寺の本尊は薬師如来《やくしにょらい》である。霊験あらたかとして名高く、一日中参詣の信者が途絶えなかった。その信者たちが祈りを捧げる本尊の前で賢治郎の師厳路坊は眠っていた。

「師……」

「……馬鹿弟子か」

厳路坊が目を開けた。

「ご無沙汰《ぶさた》をいたしております る」

「そう簡単にくたばりはせぬ」

手を使うことなく、厳路坊が起きあがった。

「お痩《や》せになられました」

賢治郎は厳路坊の姿に驚いていた。もともと痩せていたが、今は骨と皮であった。

「ああ。山におったからな」

厳路坊が答えた。

「ふむ」

じっと賢治郎の顔を見て厳路坊がうなずいた。

「来い」

立ちあがった厳路坊が、賢治郎を促した。

本堂の裏、少しばかりの庭へ裸足《はだし》のまま厳路坊が降りた。賢治郎もしたがった。

「抜け」

庭の中央で足を止めた厳路坊が命じた。

「ですが」

賢治郎はためらった。

抜けというのは、真剣を遣えとの意味である。賢治郎が厳路坊から学んだのは小太刀《こだち》である。賢治郎は脇差《わきざし》の柄《つか》へ右手をやったが、ためらった。

「かまわぬ。抜け」

刀どころか木刀さえ持たず、厳路坊が述べた。

「しかし……」

「参れ」

逡巡《しゅんじゅん》する賢治郎を無視して、厳路坊が言った。

「ごめん」

賢治郎は脇差を抜いた。

「…………」

間合いは三間（約五・四メートル）である。賢治郎は脇差を青眼より少しだけ下げた形で、ゆっくりと近づいた。

「ふん」

鼻を鳴らして、巌路坊が歩くように近づいてきた。

「えいっ」

牽制《けんせい》として、賢治郎は脇差の切っ先を動かした。

「…………」

相手にもせず、巌路坊が進んだ。

「やあ」

間合いが二間（約三・六メートル）を割ったところで、賢治郎は手首をひねって脇差を水平にし、そのまま薙《な》いだ。

「ふざけたまねを」

巌路坊が、足を止めて薙ぎをかわした。

「師をなめているのか」

「……くっ」

気迫の入っていない一撃を咎められて、賢治郎は唇を噛《か》んだ。

「失望させてくれるな」

「申しわけございませぬ」

賢治郎は詫びて、構えを戻した。

「はっ」

鋭い気合いを発して、厳路坊が拳《こぶし》を撃ちだした。

「なんの」

左足を引いて、賢治郎は避《よ》けた。

「甘い」

突き出された拳に引かれたように、厳路坊が出た。

「はいっっ」

厳路坊が右足を蹴りあげた。

「つうう」

下がる間はない。とっさに屈《かが》んだ賢治郎の額に厳路坊の足がかすった。二人の間合いはなくなった。

「おう」

しゃがんだまま賢治郎は脇差を突いた。

「……………」

片足をあげた体勢のまま、残った軸足で厳路坊が賢治郎の柄を蹴りあげた。

「あっ」

賢治郎の脇差が飛んだ。

「拾え」

とんぼをきって着地した厳路坊が言った。

「はい」

まだしびれている手で、賢治郎は脇差を摑《つか》みなおした。

「山で熊に遭《あ》ったとき、そなた熊が得物《えもの》をもっておらぬからと手加減するのか」

厳路坊が叱った。

「驕慢でございました」

賢治郎は頭を下げた。

「まだ、そなたごときに負けはせぬ」

厳しい声で厳路坊が述べた。

「お願いいたしまする」

一礼して賢治郎は脇差を下段にとった。間合いは二間に開いていた。

「参れ」

言われた瞬間に賢治郎は前へ出た。

「ぬん」

脇差を賢治郎は斬《き》りあげた。

「…………」

厳路坊が身体を半身にしてかわした。

「しゃあ」

かわされた瞬間、賢治郎は手首を返し、脇差で薙いだ。

「……ふん」

大きく前へ踏み出して、厳路坊が賢治郎の右肘《みぎひじ》を左腕で押さえた。

「くっ」

肘のつぼを押されて、右手の力が抜けた。賢治郎は脇差から右手を離し、左手だけで突いた。

「ほう」

少しだけ驚いた顔をした厳路坊が、後ろへ跳んで逃げた。

「おうりゃあ」

連れて賢治郎も踏みこんだ。片手突きから、左肩を前へ入れて間合いを詰め、脇差を落とした。

「なんの」

厳路坊が右へ身体をひねって、切っ先を流し、突き出された賢治郎の左手を摑んだ。

「参った」

賢治郎は、降参した。これ以上がんばると左手まで遣いものにならなくなると感じたからであった。

「……これまで」

一拍の間を置いて、厳路坊が稽古《けいこ》の終わりを宣した。

「ありがとうございました」

脇差を鞘《さや》へ戻して、賢治郎は頭を下げた。

「人を斬ったか」

淡々とした声で巌路坊が問うた。

「はい」

うつむいて賢治郎は認めた。

「本気になってからの刃筋にためらいがなかった」

「……………」

賢治郎は黙った。

「よいな」

巌路坊が笑った。

「なにがでございまするか」

賢治郎は聞きとがめた。

「おまえが生きているからだ。真剣勝負は、どちらかが死ぬか、戦えなくなるまで続けるもの。見たところ怪我の跡もない。となれば、勝ったのだろう」

「しかし、人を斬りました」

「あたりまえのことではないか。剣を抜いての戦いは、どうやって相手を殺すかということに集約する。己が生きて敵を殺す。これが真剣勝負究極の目的ぞ」

あっさりと厳路坊が述べた。

「正しいとか、悪いとか、主君の命だとか、そんなものは関係ない。ただの理由付けでしかない。生き残ることがたいせつなのだ」

「…………」

賢治郎は頭を垂れた。

「人は、命を喰わねば生きていけぬ。産まれたときから罪を犯しておるのだ。もちろん、魚や鳥と人の命を同列に考えておるわけではない。だが、命を奪うという行為は、誰でもやっておるというのを忘れるな。殺生を禁じている坊主は、魚や獣は喰わぬだろうが、米や穀物は喰らう。あれも命だ。春になり田に撒《ま》けば、芽吹き秋には実る。これは、人が子を産むのと違いはない」

「はい」

「人がなんのために生きているかわかるか」

「主君をお守りするため」

問われて賢治郎は答えた。

「それは侍だけだの。では、庶民たちはなんのために生きている」

「……それは」

「わからぬか。まあ、あの多門の子じゃ。無理はないか」

厳路坊が苦笑した。

「人は、子をなすために生きている」

「えっ」

朝、家綱に言われたばかりである。賢治郎は驚いた。

「子ができなければ、次代はないのだ。人は子をなすことで、延々と今まで続いてきた。火を使い、家を建て、文字を発明したのも、すべては子孫を残すためじゃ。これぱかりは、武家も町人も関係ない」

「それほどまでに、子を残すというのは大事なのでございまするか」

賢治郎は尋ねた。

「人は老いる。こればかりは天皇さまであろうが、大僧正さまであろうが、将軍家であろうが、変わらぬ。貴賤貧富にかかわりなく、等しく老いは訪れる。そして人は死ぬ。永遠に生きられる者などこの世にはない」

「はい」

「もし、今から子供ができなくなれば、この世は百年経《た》たずして滅びるぞ」

「そうではなく、子ができぬだけで人は、不要なのでございましょうか」

趣旨が違うと賢治郎は告げた。

「上様か」

あっさりと厳路坊が見抜いた。

「…………」

賢治郎はうかつな己に臍《ほぞ》を噛んだ。

「戦《いくさ》はなぜ起こると思う」

不意に厳路坊が問うた。

「……相手を憎むからでございましょう」

少し考えて賢治郎は述べた。

「違うな。権を奪い合うからだ」

厳路坊が首を振った。

「天下は一つしかない。つまり天下人という最高権力の座に腰をおろせるのは、ただ一人。その一人になるには、敵を倒さねばならぬ。戦はこうして起こる。地方での小さな争いも、突き詰めればここへ繋《つな》がる」

説明を厳路坊が始めた。

「天下人が決まれば、戦は終わる。だが、それは新たな戦の始まりでもある。天下を欲する者はいつの世にもおるからな」

「はい」

賢治郎は同意した。今、目の前で将軍の位を巡って争いが始まっているのだ。

「ただ天下は正当な継承をおこなうかぎり、揺らがない」

「正当な継承でございまするか」

「うむ。もちろん例外はあるが、天下人の直系に受け継がれている間は、他から口を出すことが難しい。親が子にすべてを譲るのは当然だからだ」

「それで」

「わかったか。将軍に子が入用なわけを。直系の男子がいるときは、すんなりと天下の継承がなされる。もちろん、親がその継承をゆがめようとしたりすれば別だがな」

「駿河大納言さまのことでございますな」

すぐに賢治郎は思いあたった。

二代将軍秀忠は、嫡男の家光ではなく三男の忠長へ天下を譲ろうとした。その企《たくら》みは、初代将軍家康によって潰《つぶ》されたが、その影響で忠長は自刃《じじん》させられた。

「であるな」

厳路坊が認めた。

「だが、そうでない継承は世の乱れを抑える。今の上様がそうだ。家光さまの死から家綱さまの将軍就任まで、誰か支障を申したてたか」

「由井正雪の乱がございました」

賢治郎は言った。

「あれで天下が揺らいだか」

「いいえ」

そう言われれば、賢治郎は首を振るしかなかった。

「どう考えても破綻《はたん》する計画、天下を奪うにはとうてい足りない兵力。あんなもの、ただの嫌がらせでしかない」

「嫌がらせ……」

賢治郎は啞然《あぜん》とした。

「しかも執政衆へのな。幼い家綱さまが将軍にふさわしくないと見せつけるためではない。そのようなまねをしてみよ、それが前例になるであろう。前例はつくらぬべきなのだ。できてしまうと、それに従わざるをえなくなる。幼き将軍は認められぬという前例を作ってしまえば、己の子孫で同じ理由で簒奪《さんだつ》されることになる」

「なるほど」

言われて賢治郎は納得した。

「……では、やはり由井正雪の一件は紀州家の」

「そうとはかぎらぬぞ。紀州に罪を被《かぶ》せようとしたなにものかの仕業《しわざ》かも知れぬ」

厳路坊が首を振った。

「話がそれた。将軍に子がなければ、跡目を巡って争いが起こる。これは避けられぬ。ゆえに家綱さまに、子をお作りいただきたいのだ。今の幕府によって恩恵を受けているものはな」

「ううむ」

賢治郎が唸《うな》った。

「のう、そなたが気にしなければならぬことか」

横で話を聞いていた巌海が口を挟んだ。

「えっ」

思わず賢治郎の口から驚愕《きょうがく》の声がもれた。

「そなたが上様を大切に思っていることはわかっている。だが、五代将軍が誰になろうとも、そなたにかかわりはあるまい」

「そんなことは……」

賢治郎は否定した。

「そなたは家綱さまが将軍の座を降りられたら、別の御仁に仕えるつもりか」

「いいえ、わたくしは家綱さまにだけ忠誠を誓っておりまする」

「ならば五代将軍が誰になってもよかろう」

「それは……」

巌海に言われて、賢治郎は言葉を失った。

「それとも、第二の松平伊豆守となるだけの覚悟があるのか」

「…………」

賢治郎は二人の師を相手に、なにも言い返せなかった。

・

その夜、大奥へ渡った家綱の前に三人の奥女中が並んだ。

「旗本喜多島弥三郎《きたじまやさぶろう》が妹、伊都《いと》にございまする」

「公家九条《くじょう》家家来加藤《かとう》右衛門尉《うえもんのじょう》の娘、佐波《さわ》でございまする」

「旗本生田甚内《いくたじんない》が娘、夏《なつ》と申しまする」

名乗った三人の奥女中は、東海道をあがってきたくの一であった。

「…………」

無言で家綱はうなずいた。

将軍家の目通りとはいえ、声をかけてもらえるわけではなかった。

「よろしゅうございまするか」

大奥上臈が問うた。

「うむ」

家綱は上臈へ向かってもう一度首を縦に振った。

「では、さがってよいぞ」

　上臈が三人へ言った。

「御台のもとへ参る」

「はっ」

　部屋の隅に控えていた中臈が、早足で出て行った。

　大奥の主は御台所で、将軍ではなかった。将軍は客として扱われ、大奥では気ままに歩くことさえできなかった。

「お待ちしておるとのことでございまする」

　御台所の伝言を先ほどの中臈が持ち帰った。

「では」

　立ちあがった家綱を中臈が先導した。

　御台所の局は、大奥でもっとも広いものである。居室と寝室を兼ねる上段の間、化粧をする化粧の間、下段の間、中臈たちの控えである二の間、下級女中たちの使用する三の間、上臈や中臈が仕事をする詰め所、神棚のある清の間、御台所の先祖の位牌を祀《まつ》る清の間続きの間、お茶や食事の支度をする御台子《おだいす》の間の他に、納戸三つ、厠《かわや》二つ、風呂などがあった。

「お待ちしておりました。吾が君」

局に入った家綱を御台所浅宮顕子が出迎えた。

「よい夜じゃの。顕子」

家綱は浅宮の隣に腰を下ろした。

「お茶など馳走いたしましょう」

「頼む」

昼からまともに茶も飲んでいない家綱は、喉《のど》の渇きを覚えていた。

「桐《きり》」

「はい」

浅宮に言われた中臈が、茶の用意をした。

「……どうぞ」

茶を点てて、浅宮が勧めた。御台所の手を経たものは、毒味をされない。

「ちょうだいする」

家綱は一礼して茶を含んだ。

「苦いな。だが、甘露である」

一瞬顔をゆがめた家綱だったが、すぐに頬を緩めた。

「よろしゅうございました」

浅宮がほほえんだ。

「お気に召しませなんだか」

己用の茶を点てながら、浅宮が問うた。

「聞いたのか」

「はい」

茶筅《ちゃせん》を動かしながら、浅宮がうなずいた。

「躬は、顕子だけでよいのだ」

「うれしい仰せでございまするが、いけませぬ」

浅宮が顔をあげた。

一つ歳上の浅宮は、ときどき姉のような表情をした。

「なぜじゃ」

「将軍家のお血筋が絶えまする」

「顕子が産んでくれればいい」

「わたくしもそういたしたく存じまする」

浅宮が首を振った。

「しかし、いまだ懐妊の気配もございませぬ」

「……顕子」

寂しそうな浅宮へ、家綱が手を伸ばした。

「上様」

点てた茶を放置して浅宮が家綱を見つめた。

「なんじゃ」

「わたくしは上様のおかげで、妻となりました。次は、わたくしを母にしてくださいませ」

浅宮が家綱に願った。

将軍家では、たとえ側室の子供であろうが、嫡男は正室の養子となる慣例があった。

「女として子を育ててみとうございまする」

「……考えよう」

将軍家正室として、一人の男を愛する女には納得できぬことを辛抱するとの覚悟を見せた顕子に、家綱はうなずくしかなかった。

第四章　女人の争《あらそい》

一

神田館で桂昌院がわなわなと震えた。

「吉に右近衛中将どのが手をつけただと」

「はい。先ほど種《たね》から報せがございました」

桂昌院付きの中臈が報告した。

「馬鹿な。なぜ吉は拒まなかったのだ」

「拒めませぬ。終生奉公で吉は桜田館に務めたのでございまする。閨へ侍れと命じられれば、従うしかございませぬ」

中臈が首を振った。

「手立てなどいくらでもあろうが。逃げ出すとか……」

不意に桂昌院が言葉を切った。

「お方さま」

考えこんだ桂昌院を中臈が気遣った。

「吉とはいままで同様連絡できるのだろう」

「はい。ですが、側室となりますると周囲に人が増えますゆえ、今までのように直接というわけにはいきませぬ。種を通じてとなりますゆえ、多少手間取るやも知れませぬが」

中臈が答えた。

「構わぬ。ならば、種に伝えよ。右近衛中将どのが閨へ来た日、共寝の最中がよいな。吉に自害をするよう命じよ」

「……自害」

聞いた中臈が息を呑んだ。

「愛妾に自害されれば、さすがに右近衛中将どのも衝撃を受けよう。うまくいけば、男として役に立たなくなるやも知れぬ」

桂昌院が小さく笑った。

「……………」

中臈が沈黙した。

「なにより、側室に自害された主など、将軍の器ではない。当然、右近衛中将どのは、五代将軍にはなれぬ」

うれしそうに桂昌院が言った。

「そのように手配をさせよ」

「……しかし……」

気乗りしない顔で中臈がためらった。

「なんじゃ」

「吉を切り捨てることとなりまする。それでは、今後桜田へ入りこもうという者が出なくなりまする」

中臈が危惧《きぐ》を表した。

「綱吉さまのためぞ。そなたたちは、綱吉さまに忠誠を誓っておるのであろう」

「わたくしどもは、桂昌院さまへ忠誠を捧げておりまする」

はっきりと中臈が首を振った。

「ならば、この妾が命じるのだ。従え」

「……承知いたしましてございまする」

ゆがんだ表情を隠すように、中臈が平伏した。


桜田館と神田館は、それほど離れてはいない。桜田館を出た中臈はそのまま駕籠で、日本橋の小間物屋へと入った。

「これは、錦《にしき》さま」

奥から主が挨拶に出てきた。

「この櫛《くし》を貰《もら》おう」

「いつもありがとうございまする。お包みいたしますので、それまで奥でお茶でも」

「馳走になる」

主の案内で錦が奥へ入った。

「連絡を頼みたい」

「よろしゅうございますので。ここのところ続けさまではございませぬか。あまりに重ねますと疑われまする」

　錦の申し出に主が忠告した。

「わかっておる。だが、お方さまの命なのだ」

「お方さまの……」

　主が難しい顔をした。

「いたしかたございませぬ。では、手代に上方から来たばかりの櫛笄《くしこうがい》を持たせてやりましょう」

「頼む」

　懐《ふところ》から錦が小判を取り出した。

「いつもの十枚に二枚たそう」

「これはお気遣いをありがとうございまする」

　遠慮せずに主が受け取った。

「なにをお伝えすればよろしいのでございますか」

「これを種に渡してくれるよう」

小さく折りたたんだ紙を錦が渡した。

「承知いたしました。お預かりいたしまする」

主がうなずいた。

綱重は、毎晩のように吉を抱いていた。

「お情けありがとうございました」

後始末を終えた吉が、綱重の夜具から出た。

「そのままでいよ」

綱重が止めた。

側室は子供を産むまで奉公人であった。奉公人が用のすんだ後も主の夜具に居続けることは許されなかった。ことを終えたならば、そうそうに自室へ引きあげるのが決まりであった。

「ですが……」

吉がためらった。

「余が許す」

「……はい」

許可の形を取っているとはいえ、主君の言葉は絶対であった。吉は、ふたたび夜具へと身を横たえた。

「吉は、旗本の娘であったの」

「はい」

偽りの身許《みもと》は商人の娘であるが、それでは綱重の側室になることはできないため、仮親をたてて、吉は旗本の出となっていた。

「親元は何役じゃ」

「小普請組でございまする」

問われて吉が答えた。

小普請組とは、旗本や御家人で無役の者をさす。本来は城などの小さな修復工事を担当する者のことだが、実質はなにもせず、その費用の負担だけをおこなう。役付の扱いを受けないことから、役料ももらえず、逆に小普請金を取られるという、扱いの悪いものでもあった。

「そうか」

「殿さま」

「なんじゃ」

「わたくしのところにばかりお通いなされてよろしいのでございますか」

「保良は、懐妊しておる。腹に子のおる女のもとへ行ったところでなにもできぬではないか」

綱重が淡々と言った。

「さようでございまするか」

女を道具としてしか見ていない綱重の言葉に、吉の声が少し重くなった。

「眠るぞ」

「はい」

一夜吉は綱重の隣で過ごした。

どれだけ夜更かしをしても、朝は決まった刻限に起こされる。

「もうう」

起床を報せる声が、綱重と吉を目覚めさせた。

「失礼をいたしまする」

寝乱れた夜着をすばやく整え、吉は自室へと下がった。

「湯の用意を」

綱重の寵愛を受けた吉には、居室と五人の女中が与えられていた。

「ただちに」

女中たちが動いた。

側室の居室にはお召しに応じるため、小さいながら専用の浴室が付いていた。

身体を洗った吉は、ようやく朝餉を摂《と》った。

風呂はあってもさすがに台所まではなかった。朝餉は館の台所で作られたものを女中が受け取りに行き、吉の前まで運んでくる。

「お召し上がりを」

女中の毒味が終わった。

「…………」

「本日はいかがなされましょうか」

朝餉の膳《ぜん》に向かった吉に奥女中が尋ねた。

「今のところ別に」

吉がなにもないと答えた。

「では、お昼すぎに小間物屋が参りまする。なにかご覧になられては」

奥女中が勧めた。

「小間物屋……」

「はい。出入りの小間物屋、日本橋鏡宗《かがみそう》でございまする」

「昨日も来ていたような」

不審そうな顔を吉がした。

「なんでも昨日、上方から新しい小間物が届いたとかで」

「そう。やめておきまする。少し疲れたようだから。あなたたちは行ってきなさい」

「いえ、吉さまがお見えにならないのならば」

あわてて奥女中が首を振った。仕えている主人が息抜きをしなければ、奥女中たちも好きにはできない。

「かまいませぬ。わたくしは気にしなくて。上方からの小間物。良さそうなものがあれば、買ってきてくれれば」

「よろしいのでございますか」

奥女中が喜んだ。

「ええ」

吉はほほえんだ。

「では、少しの間行って参りまする」

「はい」

首肯して吉は奥女中たちを送り出した。

一人になった吉が、ほっと肩の力を抜いた。

「なじんでいくのが、怖い」

吉が独りごちた。

綱重のもとへ送りこまれてから、十日が経っていた。その間は、毎日綱重に抱かれていた。夕餉、入浴、そして閨と同じことを十日も繰り返せば、人はそれが当たり前になっていく。

「もし、子供ができたら」

吉は、下腹を撫《な》でた。

男と女が身体を重ねれば、子供ができるのは摂理である。今、綱重の愛妾保良が妊娠している。もし、生まれたのが姫で、次に己が男子を産めば、吉は生母として扱われ、正室とほぼ同じ扱いを受けることになる。

「…………」

吉が悩んでいるところへ、居室の襖が開き、下働きの女中が入ってきた。

「……誰か。部屋をまちがえておるぞ」

見慣れない顔の女中に吉が注意をした。

「静かに」

女中が吉へ命じた。

「何者ぞ」

吉が厳しく問いかけた。

「桂昌院さまの手」

小さく答えたのは種であった。

「……なんと」

「これを預かった。なかに桂昌院さまからの手紙が入っている」

種がすばやく笄を渡した。

「なにを……」

「知らぬ。だが、そのとおりにいたせとの厳命がついている」

おびえたような吉へ、種が告げた。

「伝えたぞ。桂昌院さまを裏切ればどうなるかは、わかっておろう」

そう言い残して種が出て行った。

「あの者も桂昌院さまの……」

桜田館へ入りこんでいるのが、己だけだと思うほど、吉は愚かではなかった。

「いったい、何人いるのやら。どこにいるのやら」

吉があたりを見回した。

「それよりなにが……」

いつ奥女中たちが戻ってくるかもわからない。急いで吉は笄のなかほどをひねった。

べっ甲製の笄が二つになり、なかから折りたたまれた紙が出てきた。

「……ひっ」

読んだ吉が絶句した。

「このようなまねできようはずもない」

吉が震えた。

「ただいま戻りましてございまする」

奥女中たちが帰ってきた。

「どうかなされましたか」

返答のない吉へ、奥女中が尋ねた。

「…………」

「吉さま」

もう一度奥女中が声をかけた。

「帰ってきていましたのか」

今気づいたとばかりに、吉が一同を見た。

「先ほどもどりましてございまする」

奥女中たちの手には、それぞれ小間物が握られていた。

「……順性院さまへ、お目通りを願っておくれ」

吉が頼んだ。

「順性院さまでございますか。ただちに」

一人の奥女中が腰をあげた。

「他人目《ひとめ》に付かぬよう、内密にの」

「……はい」

ちょっと小首をかしげた奥女中が、出て行った。

吉の願いもむなしく、順性院は供の女中を引き連れ、堂々とやってきた。

「順性院さま……」

泣きそうな顔で吉が迎えた。

「しっかりせい。こそこそすれば、より目立つ。それが奥というものじゃ。胸を張っておれば、誰も気にせぬ」

順性院がたしなめた。

「はあ」

「で、どうした」

納得していない吉を無視して、順性院が問うた。

「お人払いを」

「大事ない。この者どもは、皆妾の腹心じゃ」

またも吉の願いを順性院が拒んだ。

「では、せめてお耳を……」

「気の弱い女じゃ」

不承不承順性院が吉を側へ呼んだ。

「これを」

耳打ちではなく、吉は手の内に隠した紙を順性院に渡した。

「……なにっ」

内容を読んだ順性院が大声をあげた。

「お方さま」

吉があわてた。

「いかがなされましたか」

「きさま、お方さまになにをした」

順性院付きの女中たちが気色《けしき》ばんだ。

「なんでもない。下がれ」

大きく息を吸った順性院が、女中たちを落ち着かせた。

「しかし……」

「よいと申した」

まだ気遣う女中たちを順性院が叱った。

「これはどうした」

「昼過ぎに、あちらの手の者と思われる女中がこれのなかに仕込み、持って参りました」

笄を見せながら吉が説明した。

「そういえば、本日小間物屋が来ておったの」

順性院が首だけで振り返り、奥女中へ問うた。

「日本橋の鏡宗が参っておりました」

「鏡宗……昨日も来ておったのではないか。妾も紅を買ったぞ」

みょうだと順性院が首をかしげた。

「なんでも上方から新しい小間物が届いたとか、申しておったように思いまする」

奥女中が答えた。

「……そうか。鏡宗がか」

　順性院が納得した。

「吉、そなたの繋ぎは誰じゃ」

「わたくしは、呉服商の志摩屋《しまや》でございまする」

　吉が告げた。

「なるほどの。さすがだ。女ごとに繋ぎ役を替えるとは。細かいことをしてくれる」

　頬を順性院がゆがめた。

「いかがいたしましょうや」

　紙へ目をやりながら吉が訊いた。

「思い知らせてやらねばならぬが、すぐにとはいかぬ。そなたの両親を安全なところへ動かしてからじゃ。申しわけないが綱重さまには、しばしご辛抱をいただこう」

「では……」

「任せておけ。悪いようにはせぬ」

　順性院がうなずいた。

　不安げな吉を残して、順性院は新見備中守正信のもとへ出向いた。

「これはお方さま」

新見備中守が歓迎した。

「頼まれてくれぬか」

「なんなりと」

「旗本を一人甲府へやってほしい」

「はて、どういうことでございましょう」

余りに唐突な話に、新見備中守が首をかしげた。

「じつはの……」

順性院が語った。

「なんと、そのようなまねを企むとは」

新見備中守が憤慨した。

「両親と兄弟を救ってやらねば、吉がな」

「なるほど。こちらの人質にするわけでございますな」

すぐに新見備中守がさとった。

「できようかの」

「お任せくださいませ。甲府は藩をたてたばかり。いくらでも人は要りまする」

新見備中守が請け負った。

二

松平伊豆守信綱の病状はますます悪化していた。

「お小水が出ぬことで、腎に悪血が滞り、身体に汚れが溜《た》まっておりまする」

家綱から見舞いとして派遣された奥医師が、松平伊豆守の嫡男甲斐守輝綱《かいのかみてるつな》へ説明した。

「なにか手立てはございませぬのか」

不安げな顔で輝綱が問うた。

「身体を冷やさぬようになさり、お薬を服していただくしか」

奥医師が申しわけなさそうに述べた。

「食事などは」

「お召し上がりになられるものならばなんでも。ただし、瓜などの身体を冷やすものはいけませぬ。あと、塩気はできるだけ抜いていただきますよう」

「わかり申した。本日は、かたじけのうございました」

輝綱が礼を述べた。

「いえ」

軽く頭を下げて、奥医師が病室を後にした。

「大河内」

同室していた用人へ輝綱が首で合図を送った。

「承知いたしております」

すばやく大河内が奥医師を追いかけていった。家綱からの見舞いなのだ。手ぶらで帰すわけにはいかなかった。輝綱は大判を一枚謝礼として用意していた。

「父上」

目を閉じている松平伊豆守を、輝綱が見下ろした。

「主殿《とのも》か」

松平伊豆守が目を開けた。主殿とは輝綱の幼名である。

「お目覚めでございましたか」

輝綱が声をかけた。

「あれだけ身体をいじられたのだ。寝ておられるか」

苦笑を松平伊豆守が浮かべた。

「何日寝ていた」

「丸二日でございまする」

「……二日もか。いくらなんでも……」

松平伊豆守が己にあきれた。

「おつらくはございませぬか」

「つらさか。身体のつらさはないが、心がの。思い残すことがありすぎる」

「上様のことでございましょうや」

ほんの少し輝綱の口調が堅くなった。

「いいや。上様のことは豊後がおる。深室もな」

「深室でございまするか」

まだ家督を継いでいない輝綱は、江戸城中のことに疎《うと》かった。

「上様のお髷番よ。お花畑にもおった」

「さようでございましたか」

お花畑番は幼い将軍の遊び相手であり、長じては寵臣となる。輝綱が納得した。

「上様のことでないならば、なにがお心にさわっておりまするか。わたくしにできますならば、お手伝いをさせていただきまする」

輝綱が述べた。

「手伝いか。できるといえばできる。できぬといえばできぬだな」

小さく松平伊豆守が嘆息した。

「父上、どうぞお話しくださいませ」

「儂《わし》の気残りは、おぬしのことじゃ、主殿」

「わたくしの」

聞いた輝綱が驚いた。

「儂はの、上様のことばかり気にしてきた。そなたを始めとする子供たちをほとんど顧みることなくな」

「…………」

「すまなかったな、主殿。もっといろいろなことを教えてやれば良かった」

「なにを仰せられまするか。今一度元気になられれば、いくらでも……」

あわてて輝綱が否定した。

「気休めはよせ。政にかかわる者が、もっともしてはならぬことだ。その場しのぎの言葉でも、あとで責を負わなければならなくなる」

松平伊豆守が、吾が子を窘《たしな》めた。

「政をなす者は、かならずできること以外、即答してはならぬ。わからぬことは調べてから答えればいい。あとで訂正するのは、政をなす者として恥である」

「申しわけありませぬ」

叱られて輝綱が詫《わ》びた。

「これも儂のせいじゃな。主殿、今年でいくつになった」

「四十三歳でございまする」

問われて輝綱が答えた。

「普通ならば、とっくに藩主となっておるな」

「……………」

輝綱が黙った。

「上様の傅育があるとはいえ、いつまでも藩主の座を譲らなかった儂が悪い。すまぬ」

横たわったまま、松平伊豆守が謝った。

「とんでもございませぬ」

「だが、それもあと少しだ」

「……父上」

「のう主殿」

気遣う息子へ松平伊豆守が話しかけた。

「はい」

「家督を継いでも、幕政にはかかわるな」

「理由をうかがっても」

松平伊豆守へ、輝綱が尋ねた。

「執政など面倒なだけじゃ。たしかに執政なれば、政を思うがままにできるし、出世、加増もある」

武士の出世の基本は戦場である。敵と戦い、その首を奪い、手柄を立てて、主君から恩賞をもらう。それが禄あるいは領地であった。

しかし、徳川家康が元和《げんな》元年（一六一五）大坂で豊臣家を滅ぼして、天下統一を果たし、戦はなくなった。

武士の活躍の場が失われた。

かわって武士に与えられたのが、政という戦場であった。武士は役目を与えられ、職務上で手柄をたて、出世したり加増を受けたりに変わった。

「だが、それは人の妬《ねた》みを受けることでもある」

ゆっくりと松平伊豆守が言った。

「儂は、家光さま、家綱さま、お二人のご信頼をえることができた。ゆえに、長く執政の座におれた。でなくば、とっくに儂は老中から放逐され、禄も減らされていただろう。いや、下手《へた》をすれば、潰されていたかも知れぬ」

峻厳だった松平伊豆守は、三代将軍家光の信頼を背に、遠慮なく手腕を振るった。

それによって潰された家も、禄を削られた者も多い。

「儂が死んだとき、なにか仕掛けてくる者もあろう。だが、心配するな。豊後がどうにかしてくれる」

「はい」

「だが、それで儂に恨みを持つ者が滅びたわけではない。儂が死ねば、代わりとばかりに、そなたへ嫌がらせをしてくるであろう。そのとき、役目についておれば、足を引っ張られかねぬ。無役でいい。固く守れ。藩政に力を尽くし、国を富ませよ。さすれば、松平の家は末代まで安泰じゃ」

「わかりましてございまする」

輝綱が首肯した。

「すまぬな。そなたにも望みはあったろう。そのすべてを儂が奪ってしまった」

「いいえ。もともとわたくしは身体が強くございませぬ。執政衆のような激務にはとても耐えられませぬ」

詫びる父へ、輝綱が首を振った。松平伊豆守と正室井上正就《いのうえまさなり》の娘との間に生まれた輝綱は、生まれつきあまり丈夫ではなかった。

といったところで、松平伊豆守とともに天草の乱鎮圧に出向いたりもしている。病弱というほどではなかった。

「そう言ってくれると助かる」

ふっと松平伊豆守が息を吐いた。

「もっとそなたと話をすれば良かった。父として不出来であった」

「父上、そのような」

「主殿よ。一つ願いを聞いてくれぬか」

「なんなりと」

輝綱がうなずいた。

「儂が打った手がある。もちろん、上様のおためじゃ。そのために家臣を何人か使っておる」

「それをそのままにしておけと」

「うむ」

松平伊豆守が首肯した。

「しかし、人の話を最後まで聞かぬのはよくない。途中でなにが言いたいかわかっても、最後まで聞いてやるのが政をなす者の姿勢である。不満を持った者だったら、どうする。途中で遮られれば、言いたいことを全部言えなかったといっそう不満を募らせる。逆に言いたいだけ言わせてしまえば、ちゃんと話を聞いてくれたと納得し、満足する。ここで大きな差が出る。不満が大きいままでは、こちらの対応がどれだけ良くても気に入らぬとなるのだ」

「気を付けまする」

輝綱が頭を下げた。

「少し疲れた。眠る。そなたも仕事に戻れ」

「おやすみなさいませ」

静かに輝綱が出て行った。

「紀州はどのあたりまで来たのだろうかの」

小さく呟《つぶや》いて、松平伊豆守は目を閉じた。

三

参勤交代の途中の紀州大納言徳川頼宣は、久能山東照宮へ参拝していた。

久能山東照宮は家康が最初に葬られた地である。翌年、日光東照宮へと移され、今はわずかな遺品と空《から》になった墓だけが残されていた。

「父よ。あなたほどの人でも子供を見る目はございませなんだな」

一人家康が葬られていた墓所へ参じながら、頼宣が独りごちた。いかに御三家紀州の家来といえども、ここまで入ることは許されていない。頼宣は一人で、父が最初に眠った土に触れていた。

「たしかに、今の天下は泰平でございまする。しかし、いつまでも持ちますまい」

頼宣が首を振った。

「将軍家というのは天下の武家の模範でなければなりませぬ。なぜ、三男の秀忠に家督を譲りました。わたくしにくださらなくとも良かった。長幼をいうならば、秀康《ひでやす》兄であるべきでした。ならば、わたくしも不満など申したてませなんだものを」

一礼して頼宣は立ちあがった。

「その能に値せぬ者を天下の要《かなめ》としたつけは、いずれ徳川の世を滅ぼしまする。ならば、わたくしがもらってもよろしゅうございましょう」

頼宣が宣した。

「そうそう。言い忘れるところでございました。そちらに頼房が参っておると思いまする。叱っておいてくださいますよう。家光さまに与《くみ》し、要らぬことをいたしてくれましたので。あれのおかげで、吾が天下は三年遅れました」

言い終えると、頼宣は振り返ることなく墓所を後にした。

「大納言さま」

社殿の前で榊原越中守照清《さかきばらえっちゅうのかみてるきよ》が待っていた。榊原越中守は、父の跡を受け、東照宮の宮司とその警衛を担う久能総門番を兼任していた。

「照清か」

「……はっ」

頼宣の冷たい声に、榊原越中守が一瞬震えた。

「きさまの仕事はなんだ」

「東照宮さまの墓所をお守り奉《たてまつ》り、その御霊をお祀りすることでございまする」

「知っていてやったか」

さげすむような顔を頼宣が見せた。

「なんのことでございましょう」

「父も使えぬ男であったが、息子はもう一ついかぬようだ」

とぼける榊原越中守へ頼宣が辛辣《しんらつ》な皮肉を浴びせた。

「わたくしのことはともかく、父の悪口はお取り消し願いたい」

榊原越中守が怒った。

「ふん。ここに葬れと命じられた我が父家康さまの遺言を無にしたどころか、一緒についで日光まで行くような不忠者には、悪口すらもったいないわ」

「……うっ」

頼宣の鋭い舌鋒に榊原越中守が詰まった。

「あのまま父がここで寝ていてくれれば、儂はまだ駿河の国主であったろうよ」

「…………」

榊原越中守が沈黙した。

「いい加減に顔を見せよ、七郎左衛門《しちろうざえもん》」

消沈した榊原越中守から、目を離して頼宣が言った。

「お気づきでございましたか」

拝殿の陰から、見事な体軀《たいく》の旗本が姿を現した。

「家光の指示とはいえ、よく東照宮の地を荒らす気になったの」

「先君を呼び捨てにするとは、いかに紀州大納言さまとはいえ、不遜《ふそん》が過ぎましょう」

七郎左衛門が咎めた。

「祖父の墓所さえ、吾が意のためになら汚すことを気にせぬ孫に、叔父がなぜ敬意を払わねばならぬ。榊原七郎左衛門」

頼宣がにらみつけた。

「見抜いておられましたか」

「小姓組から書院番、旗本としてもっともうらやまれる経歴を捨てて、久能の山へ戻される。なにもないと思うほうがおかしいだろう」

鼻先で頼宣が笑った。

榊原七郎左衛門は、初代久能総門番榊原照久《てるひさ》の次男である。八歳で家光の小姓にあがり、三百俵で別家を許され、書院番となる。慶安三年（一六五〇）九月には、家光から家綱付きを命じられ、西の丸書院番となった。家綱の将軍宣下とともに本丸書院番へ戻り、明暦《めいれき》元年（一六五五）、病を理由に職を辞し、小普請組となって久能山へと移った。

「慶安の変の万一を考えて、家綱さまの警固を強くするためだったのだろう、西の丸への異動は。慶安の変で、儂が罪を得て隠居するなり、流されるなりしておけば、そのままそなたは家綱さまのもとで立身していったろう。しかし、儂は落ちなかった」

「なんのことやら」

七郎左衛門がとぼけた。

「だが、いつまでも江戸にいるわけにはいかなかった。松平伊豆や阿部豊後が気づかぬともかぎらぬからな。ほとぼりが冷めたところで、そなたは久能へ逃げた」

「言いがかりはお止《や》めいただきたい」

「ふん。小普請がなぜ久能におる。小普請は江戸城の修繕が任ぞ。旗本が命もなく、地方へ移る。許されることではない。それが認められているには、裏になにかある。少し目端の利く者ならば、わかることぞ」

「…………」

苦い顔で七郎左衛門が黙った。

「まったく将軍でありながら、底の浅いまねをするゆえ、吾が子が苦労するのだ」

「家光さまへの悪口雑言《ぞうごん》、さすがに許せませぬな」

ふいに七郎左衛門が激昂《げっこう》した。

「誅殺してくれるわ」

七郎左衛門が太刀を抜いた。

「馬鹿なことをするな」

榊原越中守があわてた。

「下手な芝居よなあ。少し煽《あお》るだけで動くことといい、できの悪いやつじゃ」

しばらく二人を放置していた頼宣がため息をついた。

「相談はついたか」

「な、なにを」

頼宣に訊かれた榊原越中守が焦った。

「供も連れてきていない。腰には脇差しかない。儂を片付けるにこれ以上の条件はあるまい」

淡々と頼宣が言った。

「うっ」

見つめられて榊原越中守が半歩退いた。

「さすが、最後の戦国武将といわれたお方だ」

落ち着いた声で七郎左衛門が感心した。

「覚悟はおできのようでございますな」

七郎左衛門が、太刀を抜いた。

「ま、待て」

榊原越中守が弟を止めた。

「門を出たところには紀州家の重臣がおる。参道の階段下には、軍勢といっていいほどの家臣が控えているのだぞ」

「だからこそ好機。誰にも守られてもいない将を討ち取るのだ。臆するな」

兄の怯懦《きょうだ》を七郎左衛門がたしなめた。

「しかし、御三家の主を害せば、家が潰れるぞ。家光さまご存命のおりならば、まだしも」

「心配するな兄者。拙者の手元には、家光さまのお墨付きがある」

七郎左衛門が、述べた。

「ほう、家光の愚か者は、そんなものまで残していたのか」

聞いていた頼宣が、あきれた。

「口で命じれば、その者なり、己が死ねばそこまでで消えるものを。紙などにするなど……死後それがどう使われるかくらい考えつかぬのか」

「どちらにせよ、家光さまのお墨付きがある。ここで大納言さまを討ち果たしても、咎められぬ。どころか、記されたとおりの恩賞がいただける」

太刀を構えながら、七郎左衛門が興奮した。

「恩賞。儂の値打ちはどれほどか、聞かせてもらおう」

「一万石よ。榊原の本家がようやく大名になれる」

七郎左衛門が告げた。

久能山総門番の榊原家は一千八百石でしかなかった。しかし、その出自は徳川四天王の一つ榊原の本家であった。

徳川四天王と讃《たた》えられた榊原式部大輔康政《しきぶたいふやすまさ》は、初代久能総門番榊原内記《ないき》照久の父清《きよ》政《まさ》の弟であった。

榊原の跡取りだった清政は、三河一向一揆で家康の敵に回り、許されて後、家康の嫡男信康《のぶやす》へ付けられた。天正《てんしょう》七年（一五七九）、信康が織田信長の意を受けた家康によって切腹させられたとき、徳川家を出奔した。これらのこともあり、榊原嫡流でありながら、家を継げず、別家せざるをえなかった。傍流であった榊原康政の家系が、上野館林で十万石の大名であるに対し、本家の久能榊原家はわずか一千八百石でしかなかった。そのうえ、久能総門番、東照宮宮司という役目を代々受け継いでいくとなれば、出世もない。潰される心配もない代わり、これ以上の生活を望んでも無駄なのだ。

久能総門番、東照宮宮司の役目を離れ、大名へとなることが、久能榊原家の悲願であった。

「安いな」

頼宣が笑った。

「五十五万石の主の首が一万石か。儂ならば五万石は出すぞ」

「お静かに願おうか。みっともない最期《さいご》をさらしたくなければ、大人しくしていただこう」

勝ち誇った顔で七郎左衛門が述べた。

「家光のお墨付きが効力を発揮する前に、吾が家臣によって、榊原家は滅ぶ」

「お気になさらず。紀州家にもくさびは打ちこまれておりまする。藩主が首討たれるという恥をさらしたのでござる。紀州家は改易《かいえき》。となると」

「付け家老の馬鹿か」

吐き捨てるように頼宣が口にした。

「さて、どうでございましょうかな。では、ご覚悟を」

七郎左衛門が太刀を振りあげた。

「ぎゃっ」

頼宣の首を討つはずだった太刀を、七郎左衛門が落とした。七郎左衛門の腕に棒手裏剣が刺さっていた。

「見つけたか」

うめく七郎左衛門を見下ろしながら、頼宣が訊いた。

「はっ」

いつのまにか、頼宣の背後に忍が湧いていた。

「ご苦労であった」

「な、なにやつ。この神域に忍風情が……」

榊原越中守が、真っ青な顔色でわめいた。

「神域で血を流そうとしたのは、誰だ」

「うっ……」

頼宣ににらまれて、榊原越中守が言葉を失った。

「これを」

忍が、頼宣へ文箱を差し出した。

「それは……」

七郎左衛門が、驚愕の声を漏らした。

「家光さまのお墨付き。返せ」

「うるさい。少し黙らせよ」

「はっ」

風のように動いて忍が、七郎左衛門の首を絞めた。

「あとあと面倒だ。殺すなよ」

「承知」

忍がうなずいた。

「なにが書いてあるか……ほう」

読み終えた頼宣が、お墨付きを懐へしまった。

「なんぞの役に立つだろう。さて、そろそろ重臣どもが待ちくたびれるころだ」

頼宣が榊原越中守をにらみつけた。

「越中守、父を裏切った家系が宮司を続けるなど言語道断。ただちに任を辞せ」

「ひっ」

戦国の生き残り武将の気迫は、榊原越中守を圧倒した。

「こやつはいかがいたしましょうや」

七郎左衛門の取り扱いを忍が問うた。

「空《あ》き家とはいえ、父の墓所だ。このていどの小者の血で汚すわけにもいくまい。両腕の骨を折るだけで放してやれ」

「仰せのように」

忍が首肯した。

「うっ、ううう」

口を押さえられた七郎左衛門が逃げようとした。

「…………」

抵抗をあっさりと抑えて、忍が七郎左衛門の両肩を砕いた。

「……ぐうう」

激痛で七郎左衛門が気を失った。

「面倒を見てやれ。そなたの弟だろう」

冷たく言い捨てて頼宣が歩き出した。

「江戸はどうだ」

「三人とも無事大奥へ入りましてございまする」

「そうか。じゃまはなかったか」

頼宣が確認した。

「伊豆守の手と箱根の関所で出会いましたが、排除いたしましてございまする」

忍が報告した。

「やはり伊豆守は出てきたか」

満足そうに頼宣はうなずいた。

「それ以降はどうだ」

「なにもございませぬ」

「みょうだな。伊豆守がそのていどであきらめるはずはない。よほど体調が悪いと見える」

頼宣が独りごちた。

「確認いたしましょうや」

「うむ」

「ではこれで」

重臣たちの待つ鳥居の手前で忍が消えた。

「待たせたの。江戸へ向かうとしようぞ」

手をあげて頼宣が宣した。

四

深室賢治郎は、師匠のもとで数日鍛え直した後、小石川の水戸徳川家上屋敷を訪れた。

「たのもう」

潜《くぐ》り戸へ賢治郎は声をかけた。

「どうれ。誰か」

門番小屋の無双窓が少し開いて、なかから応答があった。

「小納戸《こなんど》深室賢治郎と申す。中将さまにお目通りを願いたい」

賢治郎は用件を述べた。

「……小納戸どのが、殿へ」

「さようでござる」

「しばし、待たれよ」

己では判断できないと考えたのか、門番足軽が駆けていった。

御三家の一つ水戸家は、尾張、紀州とずいぶん違っていた。まず石高が半分しかなかった。尾張が六十一万九千石、紀州が五十五万石であるのにたいし、水戸は二十八万石しかなかった。つぎに官職が低かった。尾張と紀州は大納言まで上がるが、水戸は中納言で止まる。さらに大名として参勤交代を命じられている尾張、紀州と違い、水戸は江戸定府であった。

「貴殿がお小納戸どのか」

しばらくして潜りが開き、初老の家臣が出てきた。

「深室賢治郎と申す。貴殿は」

名乗って賢治郎は問うた。

「当家用人、藤井左内《ふじいさない》にござる」

初老の家臣が小腰を屈めた。

御三家の家臣は直参に準ずるとはいえ、実態は陪臣である。藤井がていねいな応対をするのは当然であった。

「主に御用とか。どのようなお話か、お伺いいたしてもよろしゅうございまするか」

藤井が問うた。

「紀州頼宣さまについて、お訊きしたいことがござる」

「大納言さまのことを。それならば、当家ではなく紀州藩へお出向きになられたほうがよろしいのではございませぬか」

物腰は柔らかかったが、しっかりと拒絶の意志を伝えてきた。

「紀州家にはすでにおじゃまいたした」

嘘ではなかった。かつて、賢治郎は頼宣に会うため紀州家を訪れていた。

「ならば、当家に来られる意味はございますまい」

ふたたび藤井が拒んだ。

「本人には訊けぬこともございましょう」

「それはさようでございましょうが、あいにく当家は主が代わったばかりで、お役に立てそうにございませぬ」

藤井が首を振った。

昨年、水戸徳川家初代頼房が死去した。その跡を三男の光圀《みつくに》が継いだばかりであった。

「大納言さまと先代頼房公はご兄弟であらせられましたので、お互いをよくご存じでございましょうが、主光圀は大納言さまの甥《おい》。面識もあまりなく、お話しできることはないかと」

「でござるか」

これ以上は問答の意味がないと賢治郎は退くことにした。

「また日をあらためまする」

一応また来るとの意思表示だけを残して、賢治郎は水戸家上屋敷を後にした。

「このまま帰るのもどうか」

賢治郎はためらった。

すでにいつもの帰邸の刻限を過ぎている。遅くなれば三弥の機嫌が悪くなった。

「御用こそ大事」

一人でうなずいて賢治郎は、紀州家上屋敷へと向かった。

紀州家の上屋敷は、麴町《こうじまち》五丁目にある。また、江戸城へ戻る形になった。

「うん……」

上屋敷に近づいた賢治郎は、喧噪《けんそう》に気づいた。

「大門が開いている」

賢治郎は、門から少し離れたところで足を止めた。

「大納言さまがお戻りか」

大名の上屋敷の門は、藩主が留守の間は開かれないのが慣例であった。

「藩主公がお帰りか」

門へ近づいた賢治郎は、門番の足軽へ問うた。

「いかにも。で、貴殿は」

不審な目で足軽が誰何《すいか》した。

「小納戸深室賢治郎と申す。一度藩主公にお目通りをいただいた」

「さようでござったか。それはご無礼をいたしました」

足軽が一礼した。

「いやいや。藩主公のお帰りとは気づかず、こちらこそ失礼をした」

賢治郎も詫びた。

「なにをしておる」

門のなかから、声がした。

「これは三浦長門守さま」

足軽が、賢治郎のときよりていねいに頭を下げた。

「こちらのお小納戸さまが、藩主公はお帰りかと」

「あっ」

止めるまもなく足軽が告げた。

「小納戸……」

三浦長門守為時が近づいてきた。

「……貴殿は、たしか深室どのであったかの」

少しして三浦長門守が思い出した。

「昨年、殿に会われたお方じゃな」

「はい」

確認に賢治郎は首肯した。

「あの場に拙者《せっしゃ》もおったのだが、覚えておられぬか」

「申しわけございませぬが」

小さく賢治郎は首を振った。

「無理もない。我が殿の迫力は並ではないからの。で、本日はどうなされた」

三浦長門守が笑いながら訊いた。

「いえ。前を通りかかっただけで」

賢治郎はごまかした。うまくいけば、紀州家の誰かに会うことができ、頼宣の話を聞きたいと考えていたことを隠した。

「本日お役目は」

「終わりましてございまする」

問われて賢治郎は答えた。

「ならば、殿に会われていかれるがよい」

「いや、お忙しいと存じますので」

賢治郎は頼宣に会う覚悟をしていなかった。

「まあ、そう言われずに。殿も喜ばれましょう。誰か、殿に深室賢治郎どのがお見えだとお報せをしてくるよう」

有無《うむ》を言わさず、三浦長門守が手配した。

「さあ、こちらへ」

「……はい」

こうなれば、どうしようもない。賢治郎はあきらめた。

「しばしお待ちを」

客間へ賢治郎を残して、三浦長門守が離れていった。

「どうしたものか」

一人残された賢治郎は困惑した。

客間から奥へと進んで、三浦長門守が頼宣のもとへ来た。

「お髷番が来たそうだの」

楽しそうに頼宣が笑った。

「はい。門前をうろついていたそうでございまする」

「余の出府を知って様子を見に来たか」

「まだお届けもいたしておりませぬのに」

江戸へ出てきた大名は遅滞なく、幕府へ届けを出さなければならなかった。

「品川に人でも出しておけば、気づくであろう。行列を組み、槍《やり》を立てて大木戸を通るのだからな」

「仰せのとおりでございまする」

三浦長門守が同意した。

「あやつの考えではなかろう。自ら考えて動くような輩《やから》ではなかった。松平伊豆か、家綱の命だな」

「おそらく」

頼宣の推測に三浦長門守がうなずいた。

「さて、あまり待たしてもかわいそうじゃ」

勢いよく頼宣が立ちあがった。

「根来衆を天井裏に配してございますれば」

「ふん。そこまで家綱も伊豆守も馬鹿ではなかろう」

三浦長門守の懸念を頼宣は一蹴《いっしゅう》した。

「しかし……」

「そのようなまねをしてみろ。家綱はただ一つの手駒を失う。伊豆ならば、お髷番を遣う意味がない。他にもっと優秀な刺客を飼っておるだろうからな」

「はあ」

「心配ならば、供せい」

「仰せのままに」

頼宣の後に三浦長門守が従った。

「久しいの」

頼宣が客間へ入ってきた。

「大納言さまには、ご機嫌麗しく。また、無事江戸へのご到着、おめでとう存じまする」

賢治郎は手を突いて口上を述べた。

「気遣い感謝するぞ。おい、酒の用意を」

「すぐにお暇を」

あわてて賢治郎は遠慮した。

「なにをいうか。少しつきあえ。旅ではろくに酒も飲ませてもらえなかったのだぞ」

恨めしそうに頼宣が三浦長門守を見た。

「旅は日常ではございませぬ。お疲れも出ましょう。そこに酒などとんでもございませぬ。お歳をお考えいただきませぬと」

睨まれた三浦長門守が言い返した。

「屋敷の者になにも申してきておりませぬ。遅くなっては……」

「長門」

「はっ」

賢治郎の言葉を最後まで頼宣は言わせなかった。

「今、深室に人をやる。しばし、借りるとな」

「…………」

早い手配に賢治郎は否やを言う間もなかった。

「おっ、来たか」

膳が三つ運ばれてきた。

「下がれ、勝手にやる」

頼宣が給仕に残ろうとした家臣たちを追い払った。

「父とよくこうやって飲んだものよ」

盃《さかずき》に自ら酒を注ぎながら、頼宣が言った。

「家康さまと」

賢治郎は背筋を伸ばした。

「楽にせい。老人の昔語りに一々反応していては身がもたぬぞ」

「畏れ入りまする」

指摘されて賢治郎は頭を下げた。

「それがいかぬのだ。まあいい」

頼宣が膳の上へ箸《はし》を伸ばした。

「少し漬かりすぎじゃ」

大根の漬けものを口にした頼宣が顔をしかめた。

「さようでございまするか。わたくしはこれくらいがよろしゅうございまする」

三浦長門守が返した。

「辛いものは身体に悪いぞ」

「好きな食べものを我慢するほどの理由にはなりませんな」

頼宣の忠告を三浦長門守がいなした。

「……………」

賢治郎は二人のやりとりに、驚いた。君臣がここまで近いとは信じられなかった。

「どうした。大根は嫌いか」

呆然《ぼうぜん》とする賢治郎へ頼宣が訊いた。

「い、いいえ」

賢治郎はあわてて大根を口にした。

「これは辛いが、うまい」

「であろう」

勝ち誇ったように三浦長門守がうなずいた。

「情けなきかな。武士はなんのために四民の上に立っておるのだ。いざというとき戦うためであろう。戦って庶民を守るからこそ、武士は尊敬される。命をかけて他人を守る。それが武士。ならば、無駄なことで命を粗末にしてはなるまい」

「漬けもの一つで大仰なことを」

「それがいかぬ」

酒を口にしながら、頼宣が叱った。

「武士はもちろん、とりわけ君主は元気でなければならぬ。君主が病弱では、天下が定まらぬ。その座を狙おうとする者が出るからな。また、代替わりは少ないほどいい。君主が代わるとき、世は乱れる」

「乱れる……」

思わず賢治郎は首をかしげた。

「君主の下で政をおこなっていた者たちも身を退くからだ」

頼宣が答えた。

「寵臣は主君の供をして、世を去る。それが決まりごとだからな」

「殉死」

「馬鹿げた行為だがの」

吐き捨てるように頼宣が言った。

「死んだ後のことなど、どうなるか誰にもわからぬのに、死出の旅路の供をする。人を殺すことを手柄などとうそぶく武士など地獄にしか落ちぬのだ。同じ地獄に落ちるのならまだしも、八大地獄というのだぞ。違う地獄へ落ちたならば、会うことさえできまい。そんな博打《ばくち》をする意味があるか」

「はあ……」

「まあいい。これは慣習だからな。誰かが止めぬ限り続く。さて、代替わりが世の乱れとなるわけは、わかるか」

「正当な継承ならば、そのようなことは起こらぬはずでございまする」

「……忠犬じゃな」

哀れむような目で頼宣が見た。

「首輪に付けられた紐《ひも》の命じるとおりに動いているだけでは、いつまで経っても寵臣にはなれぬぞ。ただの道具で終わるつもりならば、それでもよいがな」

「わたくしは上様のお心のままに……」

「おまえの心はどこにある」

　頼宣が鋭い声で問うた。

「……それは」

　賢治郎は詰まった。

「心なきものは道具ぞ」

「…………」

「酒の席でございますぞ」

　三浦長門守が口を挟んだ。

「そうであったな」

　ふっと頼宣が頬を緩めた。

「まあ、あと一つだけ聞いておけ。代替わりのおりに天下が乱れるのは、執政衆が交代するからだ。そして、新しい執政たちは、先代の匂いを消し去ろうとする。では、どうするのか。簡単だ。先代の執政たちがやっていた政を崩せばいい。そのあとに、己たちの政を始めればな」

「それでは、政の意味がなくなりまする。途中で終わるようなものばかりでは、誰も政を信用しなくなりまする」

「そうだ。継続してこそ政は生きる」

叫ぶように言う賢治郎へ、頼宣が首肯した。

「だが、それが人というものだ。百年先のことなど考えられぬのだ。今を見るだけで手一杯なのが人だ。これは庶民も、執政も同じ」

「どうしようもないのでございまするか」

「一つだけ方法がある。将軍と同じように、執政も世襲にすればいい。吾が親のしていた仕事を受け継ぐのならば、まだ抵抗も少なかろう」

「鎌倉における北条……」

見つめるように賢治郎は頼宣を見た。

「我らも源氏でございまする。儂が上様に申した言葉だ。あれは、ここに繋がる。儂は上様へ決断を求めたのよ」

「決断……」

賢治郎は息をのんだ。

「将軍親政をするか、執政衆に任せるかをな」

「では、春日局の……」

「なんのことだ」

「いえ」

問われて賢治郎は口を閉じた。

「ふん」

鼻先で頼宣が笑った。

「なぜそのようなことを問われましたのでございますか」

「酒の席じゃというに、堅い口調じゃな」

苦笑しながら頼宣が答えた。

「今の上様は、執政の代替わりを体験されていなかった。松平伊豆と阿部豊後が老中として残ったであろう。堀田加賀と阿部対馬《あべつしま》は殉じたとはいえ、ともに執政というより、家光さまの使者だったからな。政に影響はなかった」

堀田加賀守正盛は寛永《かんえい》十五年（一六三八）、三万五千石から一気に十万石の大身となり、その藩政を調《ととの》えるようにと老中からはずされていた。また阿部対馬守重次《しげつぐ》は、家光の使者としてなんども高崎に幽閉されていた忠長《ただなが》のもとへ行き、自害を促した人物であった。政というより家光の意志を代行しただけである。

「実質の政は、松平伊豆一人で仕切っていたようなものだ。阿部豊後は途中から本丸老中を離れ、今の上様の傅育に専念したからな」

「はい」

それくらいは賢治郎も知っていた。

「もし執政にすべてを任すならば、松平伊豆に代わる者を選ばなければならぬ。いつまでも松平伊豆は生きておらぬのだからな。そうでなく親政をされるというならば、その勉強を始めねばなるまい。政というのは、なにも知らぬ者にできることではない。執政の職に就いてから、政を学ぶなど、民からすればいい迷惑じゃ。練習台にされるようなものであろう」

「たしかに」

賢治郎も同意した。

執政の一言で、世のなかは変わるのだ。十分に状況を知り、十二分に検討してもらわないと、影響を受ける民たちはたまらない。

「余はな、松平伊豆は嫌いじゃ」

「…………」

頼宣の言葉に、賢治郎は小さく震えた。

「余を家康公の息子と思ってもおらぬ、あの傲岸不遜な態度には我慢がならぬ。だが、執政としては買っておる」

「……はあ」

賢治郎は肩の力を抜いた。

「小身から成りあがっただけに、あの者はよく学んでおる。執政としては確かじゃ。もっとも少し融通が利《き》かぬがな。その松平伊豆が残った。おかげで代替わりに伴う政の混乱はなかった。だが、そのせいで、松平伊豆以外の執政たちがなにもしなくなった。しようとしても、伊豆に止められるからな。伊豆から見れば、譜代大名の息子として生まれてきたというだけで、老中に選ばれたような輩など、半人前にしか見えまい」

「なるほど」

松平伊豆守の眼光のすごさを知っているだけに、賢治郎はすなおに頼宣の意見に同意できた。

「その松平伊豆もいよいよこの世から去る。あとに残るのは、政などやったこともない執政どもと、若き将軍だ。どうなると思う」

「世が乱れる……」

「おそらくな」

漬けものをかじりながら、頼宣が酒をあおった。

「上様はどうなさるかの」

「………」

賢治郎には返答できなかった。

「難しい話はここまでにする。深室、そなた江戸を出たことはあるか」

頼宣が話を変えた。

「いいえ、ございませぬ」

「ならば、旅の話でもしてやろう。といったところで、儂も参勤の道筋と日光しか知らぬがな。まずは箱根を語るか。家康さまをして東の険と言わしめた箱根は、きついぞ。胸突き八丁と言ってな、膝を胸に突くほどあげねばならぬ険しい山道が八丁（約八百メートル）も続く」

「そんなに」

初めて聞くことに賢治郎は驚いた。

「驚くところはそこではないぞ。その山道をな、人を乗せた駕籠が登るのだ」

「おたわむれを。そんな坂道を駕籠で上がろうとすれば、客は駕籠のなかでひっくり返ってしまいまする」

賢治郎は首を振った。

「世のなかは広いぞ。よいか、山駕籠は、普通の駕籠のように先棒後棒ではないのだ。右棒左棒といってな。横に担ぐのだ」

「なんと」

その姿を想像して賢治郎はあっけにとられた。

「その状態で山を、険しい箱根を上り下りするのだぞ。どれだけ足腰が強いか」

「でございますな」

聞いていた三浦長門守が同意した。

「その箱根をこえて西に行くと、大井川というのがあってな。ここには橋がない

「……」

次々と旅のことを口にする頼宣に、賢治郎はつられ、つい酒を過ごした。

「ごちそうになりました」

それから一刻半（約三時間）ほどして宴席は終わった。

「また来るがいい」

「畏れ入りまする」

玄関まで見送ってくれた頼宣と三浦長門守に頭を下げて、賢治郎は紀州家上屋敷を出た。

「殿……」

「若いというのはいいの」

頼宣が嘆息した。

「余が今あの歳ならば、戦で天下を取って見せたものを」

「…………」

三浦長門守が沈黙した。

「過ぎたときは戻らぬな」

「はい」

「後悔は今までで十分した」

「はい」

「ならば、悔いのないように生きようぞ」

「仰せのままに」

深く三浦長門守が一礼した。

「新しい種も撒いた。今宵の話は、すぐに家綱へ伝わろう。すでに松平伊豆は側におらぬ。余の言葉で混乱する家綱をなだめるものはな」

「阿部豊後守どのはいかがでございましょう」

「人としては阿部豊後が、松平伊豆より二枚ほど上だろう。だが、知恵では一枚劣る。手は打ってくるだろうが、それほどじゃまにはなるまい」

頼宣が述べた。

「そのために、あのお話を」

「そうだ。深室は家綱の耳目。ものを考えぬただの道具。余が語ったことをそのまま家綱に話すだろう。さすれば、若い家綱は迷う。迷えば、周囲への警戒が薄れる。頭がうろたえれば、耳目手足などは、まともに動けなくなる」

冷たく頼宣が言った。

「ところで、大奥へあげた女どもはどうだ」

「今のところ、誰もまだ」

「そうか。先走らせるなよ。今、家綱に死なれては、困るのだからな。綱重、綱吉ではまだ天下がもたぬと皆が納得してからでないと、余の出番はなくなる」

「承知いたしております」

三浦長門守が首肯した。

「そういえば、我が屋敷に目はまだついているのか」

頼宣が訊いた。

「と聞いております」

「ならば、今日のことはすぐに知れるな。春日局の孫どのに」

小さく頼宣が笑った。

「どのような手を打ってくるか。一人深室に付け。ただし、なにがあっても手出しはさせるな」

「はっ」

床下から応答の声がした。

第五章　寵臣の末

一

大奥が久しぶりに湧いた。

家綱が、側室を召し出したのだ。九条家家来加藤右衛門尉の娘、佐波を家綱は閨へ呼んだ。佐波は、東海道箱根で松平伊豆守信綱の家臣を葬った女芸人であった。

側室が閨へ侍るまでにはいくつもの手順が要った。

まず最初が、奥医師による診察であった。側室は将軍ともっとも接近する。病を持っているようでは、移してしまう。側室は奥医師の前で素裸にされ、全身をくまなく調べられた。

「異常は見受けられませぬ」

診察を終えた奥医師が、大奥を取り仕切る上臈へ報告した。

奥医師は、二百俵高、役料百俵で、将軍とその家族を診た。大奥女中たちは、本来お広敷《ひろしき》医師の管轄だが、将軍と肌を重ねる側室は、奥医師の担当とされた。

「処女の印はあったか」

上臈が問うた。

「はい。たしかに確認いたしましてございまする」

奥医師が首肯した。

未通女かどうかは側室の条件ではなかったが、確認された。これは、大奥へ上がる前に他の男と交合し、腹に子を宿していながら、将軍の寵愛を受けるというのを避けるためであった。大奥で生まれた子供は、すべて将軍の子とされる。その子供に少しでも疑念があれば、将軍の正統は疑われる。

「けっこうじゃ」

満足そうに上臈がうなずいた。

「佐波と申したな」

「はい」

素裸で横たわっていた佐波が、身を起こした。

将軍の寵愛を受ける側室は、子供を産むまで中臈でしかない。それも将軍の手がついていないお清の中臈より格下である。大奥の総取締役である上臈が、命令口調でいうのは当然あった。

「上様のお側に侍るについての心得を、その者から受けよ。高島《たかしま》」

「承りましてございまする」

呼ばれた高島が、頭を下げた。

大奥には、一度縁づいたが、離別、死別によって独り身に戻った女中もいた。高島もその一人であった。

「身形《みなり》を整えなされ」

「はい」

急いで佐波が衣服を身につけた。

「任せたぞ」

上臈が出て行った。

「念のために確認いたしまする。そなた男とまぐわった経験はございまするか」

「ございませぬ」

佐波が否定した。

「好いた男と口を吸い合ったことも」

「いいえ」

頬を染めて佐波が首を振った。

「わかりました。では、男と女が閨ですることの作法を教えまする。今夜上様のお側にあがるのでございましょう。一度でしっかり覚えますよう」

「はい」

高島の言葉に佐波が首を縦に振った。

ほぼ一刻（約二時間）の指導を受けた佐波は、続いて少し早い夕餉を与えられた。油もの、臭いものを省いた食事は、飯と菜の煮物、吸い物と精進もので占められていた。

「空腹で腹が鳴るようでは女の恥、食べ過ぎて胸が悪くようになるのは論外である」

指導役の高島の監督下で、佐波は夕餉を終えた。

夕餉の後は厠であった。

「上様の御用を終えるまで、厠には行けぬ。無理でも出しておくように」

高島に言われ、佐波は厠へ入った。

「あの……」

ついて入ってきた女中に、佐波は恥ずかしげに声をかけた。

「お気になされまするな。上様のお声がかかった日だけでございまする」

女中がなんの感情も浮かんでいない顔で言った。

「でも……」

「お慣れいただきますよう」

「はい」

冷たく言われた佐波が、用をすませた。

「お拭きいたしまする」

「えっ」

佐波が動く前に、女中が手にしていた紙で、佐波の股間を拭《ぬぐ》った。

「な、なにを」

「上様のお召しが終わるまで、佐波さまは、お自らの密か処《ひそ》にお触れになってはなりませぬ」

驚く佐波へ女中が告げた。

「…………」

佐波は黙った。

最後は入浴であった。

「そなたはなにもせずともよい」

高島の言うとおりであった。佐波は着物を脱ぐところから、何一つさせてもらえなかった。

風呂をあがった佐波は、白絹の夜着を身に纏わされた。もちろん、腰巻きなどはなく、直接である。髪は結われることなく背中へ垂らされ、その端を白紙でくくられた。

「上様が小座敷へ入られるまで、ここで控えておるように」

用意を終えた佐波は、数人の女中とともに小部屋で待機した。

「上様のお成りでございまする」

お使い番の女中が、大奥へ報せて回ったのは、それからほぼ半刻（約一時間）ほど後であった。

「参りましょう」

一緒に控えていた女中の先導で、佐波は将軍の寝室である小座敷へと進んだ。

翌朝、一夜の仕事を終えた佐波のもとへ、伊都が近づいた。

「ごくろうさまでございまする」

同じ日に目通りした三人は、配された局こそ違ったが、よく顔を合わせていた。伊都が佐波へねぎらいの言葉をかけるのも当然であった。

「どうであった」

小声で伊都が問うた。

「まだ痛い」

佐波が顔をしかめた。

「そちらではないわ」

伊都が突っかかった。

「わかっておる」

小さく佐波が笑った。

「いずれ、伊都が呼び出されたときのためと思ったのだ」

「ふざけている場合か」

伊都が怒った。

「そうでも言わぬとたまらぬわ。よいか、将軍の閨へ侍るというのは、全身くまなく調べられるということだ。それこそ、女の密か処から尻の穴までな」

「ふむ。それくらいは予想していたことではないか。調べた後ならば、いくらでも仕込めよう」

聞いた伊都が言った。

「それが一度ではない。奥医師のあと、今度は風呂だ。さらに、奥医師の診察の後、どこへ行くのにも誰かがついてくる。複数でな」

「厠もか」

「うむ。そのうえ、厠の始末さえ、女中がするのだ。毒を仕込もうにも触らせてさえもらえぬのだぞ」

「徹底しておるな。しかし、やりようはいくらでもあろう。髪に毒を染みこませておけば……」

「髪はとくに念入りに洗われるぞ」

「さすがは、将軍の私《わたくし》である大奥だな」

伊都が感心した。

「だが、甘い」

「ああ」

二人が口の端をゆがめた。

「閨で将軍を殺すなど、赤子の手をひねるより簡単だ。この髪で首を絞めればいい。いや、心の臓を思いきり殴りつけるだけですむ」

「だの」

「ただ、殿の指示はまだ待てだ」

「わかっておる」

念を押す伊都に、佐波がうなずいた。

「せいぜいそれまで、かわいがってもらえ」

「痛いだけだぞ」

佐波が苦い顔をした。

賢治郎が紀州家を訪ね、歓待を受けたという話は、翌朝、堀田備中守正俊に告げられた。

「お髷番と頼宣か」

堀田備中守が、嘆息した。

「いかがいたしましょう」

用人が問うた。

「松平主馬さまへお報せいたしまするか」

賢治郎の兄、松平主馬は将来を見こして、春日局の義理の孫である堀田備中守に与していた。

「いや、あやつはだめだ」

あっさりと堀田備中守が首を振った。

「いまだ弟を排除できぬのだぞ。使えぬにもほどがある」

「では……」

「甲府と館林に話を流してやれ」

「それはまた」

不思議そうに用人が首をかしげた。

「上様の懐刀が、出府してきたばかりの紀州大納言頼宣と会い、一刻半もの間話しこんでいたのだ。それを知った甲府と館林がどう動くか。おもしろいではないか」

堀田備中守が述べた。

「……仰せのとおりに」

用人が下がった。

甲府徳川綱重をささえるのは新見備中守正信であり、館林徳川綱吉の扶助は牧野成貞であった。ともに旗本からそれぞれの主に付けられた、御三家でいう付け家老のような立場であった。付け家老とは、藩政を指導するだけでなく、幕府との折衝も担う。新見備中守も牧野成貞も、奏者番堀田備中守と交流をもっていた。

「これは御用人どの」

桜田館で新見備中守は堀田家の用人を迎えた。

「不意におじゃまをしてもうしわけございませぬ」

「いやいや、御用人どのならば、いつなんどきでも歓迎いたしまする」

新見備中守が手を振った。

身分からいけば直臣格の新見備中守が上になる。しかし、新見備中守は用人を愛想良くもてなした。

「本日は、ちょっと変わったものを見ましたので、暇つぶしにでもなればと思いまして」

用人が賢治郎と頼宣が会ったことを述べた。

「お髷番が紀州公と。紀州公はもうお戻りでございましたか」

「本日出府の報告をなさるはずでございまする」

用人が言った。

「報せもないうちに、紀州家へお髷番が……」

「なかなかおもしろうございましょう」

「……たしかに」

うなずいた新見備中守が懐から袱紗《ふくさ》包みを取り出した。

「お土産というほどのものでもございませんが」

「これは、いつもお気遣いをいただき、かたじけのうございまする」

拝むように用人が袱紗をいただいた。

「では、これで」

用人は桜田館を後にし、神田館へと向かった。

「出かけてくる」

新見備中守が、桜田館を出て、浅草へと向かった。

「いるか」

浅草田圃《たんぼ》のはずれの農具小屋の朽ちかけた戸を新見備中守が叩いた。

「誰だ」

なかから憔悴《しょうすい》した声が返ってきた。

「新見だ。開けるぞ」

名乗ってから新見備中守がなかへ入った。

「うっ」

入った新見備中守が鼻を摘《つま》んだ。

「臭いぞ。風呂に入っているのか」

新見備中守が文句を言った。

「……………」

農具小屋の隅に積まれた藁《わら》の上に座った大山伝蕃《おおやまでんば》が、沈黙した。

「まあいい。仕事だ」

「またか」

「金で雇われているのだ。文句を言うな」

冷たく新見備中守が返した。

「まさか、また小納戸を襲えというのではなかろうな」

大山伝蕃が訊いた。

「そうだ。今度こそお髷番を仕留めろ」

「無茶だ。あいつは強い。五人でかかって拙者しか生き残れなかったのだぞ」

「ならば八人、いや十人集めればいい。どれほどの達人でも、腕は二本しかないのだ。同時に二人以上の相手はできぬ」

言いながら新見備中守が懐から小判を出し、投げた。

「前回の残りもあるはずだ。死んだ者に金を払っておるはずはないだろうからな。これと合わせて人を雇え」

刺客業というのは、前金で半分、成功した後、残り半分というのが決まりである。失敗すれば後金を払わなくていい。大山伝蕃の手元に、そこその金が残っていると新見備中守は見抜いていた。

「……うっ。されど、このあたりにもう、遣い手はおらぬぞ」

まずい顔をした大山伝蕃が逃れようとした。

「ならば、両国でも深川でも行け。それに浪人でなくても良かろう。人を殺すだけの肚《はら》さえあれば、無頼でもいいはずだ」

やる気のない大山伝蕃を新見備中守が急《せ》きたてた。

「だがなあ……」

「うまく小納戸を仕留めたならば、館へ儂を訪ねてこい。江戸においてはおけぬが、甲府で抱えてくれる」

大山伝蕃が息をのんだ。

「仕官させてくれるというのか」

「うむ。小納戸を仕留めれば、江戸での仕事は終わる。これからは国元で動いてもらうことになる。禄はそうだな。五十石でどうだ」

「五十石もらえるのか。ま、まことであろうな」

「偽りではない。ただし、小納戸を討ち果たせなければ、なかった話になる」

「……しかし、白昼堂々、旗本を襲うのは無理だぞ。もう、夜中に徘徊《はいかい》などしてくれまい」

先夜、大山伝蕃は市中不穏を煽り、続いて家綱の手足である賢治郎をおびき出すため、夜になると旗本を襲い殺害していた。

「呼び出せばいい」

「応じるとは思えぬ」

一度罠《わな》にはまったのだ。二度目はなかった。

「少しは頭を使え。おぬしの名前で出てくるはずなどなかろう。松平伊豆の名前で呼び出すのだ」

「老中の名前を騙《かた》るというのか」

大山伝蕃が目を剝《む》いた。

「手紙の裏に名前を書くだけではないか。あと、少し身形のましな者を使者に仕立て上げればいい」

「身形のましな浪人などおるものか」

「役に立たぬ。わかった。準備ができたら報せよ。使者はこちらで仕立ててやる。場所はそうだな。谷中にある松平伊豆守の下屋敷へ呼び出してやる。あそこならば浅草に近い。おぬしの庭であろう」

「わかった。任せてくれ」

そこまでお膳立てされて断れば、用済みとして捨てられる。浅草で暴れていたときの仲間を失った大山伝蕃である。かつてのような無理押しで浅草の商家あたりから金をむしり取れなくなっている。新見備中守に見限られれば、終わりであった。

「では、吉報を待っているぞ」

新見備中守が背を向けた。

「あと、館に来るときは、風呂に入り、身形を整えてからだ。その格好で来たならば、門番に追い返されるぞ」

足を止めて新見備中守が述べた。

神田館でも堀田備中守の用人の話は、大きく受け止められた。

「紀州とお髷番か」

牧野成貞が難しい顔をした。

「交流はないな」

「大納言さまが、国入りされる前に一度会っているとのことでございますが」

田中矢右衛門《たなかやえもん》が答えた。

新規召し抱え組の田中矢右衛門は、牧野成貞の懐刀となっていた。

「身分に差がありすぎる。とても個別の知り合いとは思えぬな」

「たしかお髷番は三千石の寄合の出と聞きました。実家のかかわりはございませんか」

「三千石といえば、お歴々だが、さすがに紀州大納言と直接会うのはおかしい」

「では……」

「上様のご名代と考えるべきだな。事実、先だってお髷番が右馬頭さまのもとへ、上様の使者として来たからの」

牧野成貞が苦い顔をした。

「上様のご使者……」

田中矢右衛門が息をのんだ。

「先だっての上様のご使者、その趣もわかっておらぬ」

「殿はなにも」

「こればかりは、桂昌院さまがお願いしてもお話しくださらぬとのことだ」

小さく牧野成貞が首を振った。

「まさか」

うかがうように田中矢右衛門が牧野成貞を見た。

「一度、上様は将軍継嗣について、吾になにかあれば、第一に右近衛中将さま、第二に右馬頭さまと仰せられてくださった」

「そのようなことが」

田中矢右衛門は新規召し抱えであり、そのあたりのことを知らなかった。

「しかし、そのご厚意を無にするように右近衛中将さまが動いた。甲府の家中どもは、畏れ多くも右馬頭さまの御駕籠を襲ったのだ」

「噂には聞いておりまする」

将軍の弟が江戸城下で襲撃されたなど、表沙汰にできるものではなかった。だが、見ていた者がいるのだ。人の口に戸は立てられない。話は江戸に広まっていた。

「そのおかげで、上様のご機嫌を損ねてしまった。その直後じゃ、上様からお髷番が使者として来たのは」

牧野成貞が歯がみした。

もっともやられたらやり返せである。牧野成貞は、田中矢右衛門を使って浪人者を雇い、桜田館へ暴れこませていた。

「では、やはり」

「うむ。右近衛中将さま、右馬頭さまに愛想を尽かせた上様が、次を紀州家へ譲ると……」

「紀州は、慶安の変のおり、由井正雪に与したとの疑いを受けたはずで」

「疑いであろう。実質頼宣は足止めされただけで、謹慎も命じられていない。つまり、罪には問われていない」

牧野成貞が頬をゆがめた。

「なんといっても頼宣は、神君家康さまのお子さまである。将軍になるに、これ以上の資格はあるまい」

「たしかに」

田中矢右衛門も同意した。

「矢右衛門」

「はっ」

「右馬頭さまを五代将軍さまとするためには、頼宣を排さねばならぬ」

「…………」

言われて田中矢右衛門が絶句した。

「……どうすれば」

しばらくして田中矢右衛門が訊いた。

「紀州家上屋敷へ押し入るほどの人は集められませぬぞ」

田中矢右衛門が先手を打った。

「登城の行き帰りを狙え」

冷静に牧野成貞が告げた。

江戸に滞在中の大名は、毎月決まった日に登城の義務があった。また、出府の報告、帰国の挨拶などでも登城しなければならなかった。

「……………」

しばらく田中矢右衛門が思案した。

御三家の紀州とはいえ、登下城の人数はそう多くはない。参勤交代のものに比べても確実に少なかった。

「紀州家でも五十人ほどだろう」

「五十人でございまするか」

繰り返した田中矢右衛門が、続けた。

「金がかかりまするが」

「どのくらいだ」

牧野成貞が尋ねた。

「五十人の行列を襲うならば、少なくとも二十人、できれば三十人の人が要りましょう。しかも相手は御三家の紀州。ことをなしたあとは、江戸から離れなければなりませぬ。そのぶんも上乗せして……一人七両」

田中矢右衛門が述べた。

「最低百四十両か」

「はい」

さすがに大金であった。

「わかった」

あっさりと牧野成貞がうなずいた。

「よろしいので」

あまりに早く認めた牧野成貞の顔色を、思わず田中矢右衛門がうかがった。

「三百石で一人抱えるより安いではないか」

知行は五公五民で換算する。表高三百石は、実収百五十石であり、金にすれば百五十両となった。

「しかも一度限りであろう。これがもし戦場で、紀州の当主を討ち取ったとすれば、千石は出さねばなるまい。それも代々千石やらねばならぬ。一度限りの出費だと思えば、百四十両など安い、安い」

「たしかに……」

田中矢右衛門が納得した。

「さっそくに手配せい」

「承知いたしましたが、これだけの人数となれば、さすがに一日、二日では集められませぬ」

「いつ集められるか」

「早くても十日はかかりましょう」

「できるだけ急げ」

牧野成貞が急がせた。

「努力いたしまする」

上司の命令である。田中矢右衛門は頭を下げた。

二

翌朝、賢治郎は家綱の髷を結いながら、頼宣が語ったことを報告した。

「伊豆の後か。考えたこともなかったわ」

小さく家綱が嘆息した。

「まだまだ躬も甘いな」

「上様」

賢治郎が気遣った。

「いや、これは政の責を負う立場として考えておかねばならぬことであった。それを教えられたのだ。大納言どのには感謝せねばならぬな」

「畏れ多いお言葉でございまする」

主君の立派な態度に、賢治郎は感激した。

「しかし、躬に今、政をなすだけの力はない。手探りでやられては、民どもが迷惑をしよう」

「いかがなされまするか」

「豊後に頼むしかない」

家綱が述べた。

「なんと躬は無駄なときを過ごしてきたことか。伊豆から学ぶだけのときはいくらでもあった」

大いなる後悔を家綱が口にした。

「…………」

賢治郎は言葉がなかった。

「終わりましてございまする」

元結いを切って、賢治郎が平伏した。

「ご苦労。賢治郎、豊後をこれへ」

「ただちに」

賢治郎は、道具を手早く片付けると、御座の間を出た。

「御坊主どの。上様が阿部豊後守どのをお召しになられておられまする」

「ただちに」

御座の間を外入り側襖際で控えていた御殿坊主が駆けだしていった。静謐《せいひつ》を求められる城中で、医師と坊主だけが、常から走ることが許されている。たちまち御殿坊主は入り側の角を曲がり、姿が見えなくなった。

「深室」

見送っていた賢治郎を小姓組頭が呼んだ。

「はい」

賢治郎が応えた。小姓組頭は一千五百石高で、小納戸よりも格上であった。

「阿部豊後守どのをお呼びとのことだが、なにかあったのか」

小姓組頭は、日頃から賢治郎が月代をあたる間、人払いをするのを気に入っていない。声には咎めるような響きがあった。

「伊豆守さまのことをお尋ねになられるようでございまする」

将軍が政に興味を示すというのは、大きな影響を幕府へ与える。まちがったことを言ってはいないが、詳細を賢治郎は隠した。

「さようか」

一応納得した顔を見せた小姓組頭が、表情を厳しくした。

「深室、そなたの役目は月代御髪《さかやきおぐし》である。上様のお言葉を坊主に伝えるのは、我ら小姓の仕事。そもそもそなたは、上様のお花畑番であったというだけで、お近くに侍るだけなのだ。出過ぎたまねは慎め」

小姓組頭が不満をぶつけた。

「気づかぬことでございました。次より、お小姓の方をつうじまする」

素直に賢治郎は謝罪した。

「わかればよい」

満足して小姓組頭が、離れていった。

いかに寵臣とはいえ、六百石の旗本、その当主でさえない賢治郎が、将軍と老中の話に加わるわけにはいかなかった。

いつものように入り側で控えていた賢治郎は、阿部豊後守が去った後、家綱の昼餉がすむのを待って下城した。

「お帰りなさいませ」

玄関式台で三弥が指をついた。

「戻りましてございまする」

土間に立ったままで賢治郎は、一礼した。

「お手紙が参っておりまする」

三弥が封書を差し出した。

「また……」

賢治郎は一瞬驚いた。今まで手紙などもらったことさえなかった。それが巌海和尚からに続いて二通目である。

「松平伊豆守さまのご使者どのがこれを」

「伊豆守さまがか」

急いで賢治郎は手紙を開封しようとした。

「立ったままで目上の方の文を開けるのは、いかがでございましょう」

「これは」

叱られて、賢治郎は手を止めた。

「お着替えになり、お部屋でお読みになるべきでございまする。お使者の方に問いましたところ、ご返事はご不要とのこと。お急ぎの用件ではございますまい」

しっかりとした声で三弥が告げた。

「はい」

歳下の妻の注意に、賢治郎は従った。

「昼餉の用意をいたして参りまする」

賢治郎の着替えを手伝った三弥が、居間を出ていった。

「伊豆守さまがなにを」

ゆっくりと賢治郎は手紙を開いた。

「お呼び出しか」

読み終わった賢治郎は嘆息した。

なにもかもを見抜いているような松平伊豆守信綱を賢治郎は苦手としていた。といっても松平伊豆守の想いは、家綱の成長に向けられていることも確かである。家綱をたいせつに考えているという点では、松平伊豆守と賢治郎に違いはなかった。

「今宵、暮れ五つ（午後八時ごろ）に谷中の下屋敷か」

賢治郎は確認した。

「またお出かけでございまするか」

三弥が戻ってきた。

「うむ。伊豆守さまのお呼びとならば、行かざるを得まい」

「日が暮れてからとは……」

小さく三弥が眉《まゆ》をひそめた。

武家の門限は暮れ六つ（午後六時ごろ）と決まっていた。それ以降、用もないのに出歩いていれば咎めを受けた。といったところで、すでに天下分け目の戦いから、六十年以上になる。いざ鎌倉に応じるという武家の気概も薄くなり、夜遅くまで悪所かよいをする旗本御家人も増え、幕府もこれを放置していた。

「ここから谷中まで、半刻（約一時間）はかかるな」

膳を前にして賢治郎は、呟いた。

「少し早めに出て、途中で師のもとへ寄ってくる」

「はい」

三弥がうなずいた。

夕七つ（午後四時ごろ）、賢治郎は屋敷を出て、まず上野へ向かった。

「師、おられまするか」

「賢治郎か。上がってこい」

迎えてくれたのは、厳路坊ではなく、住職の巌海であった。

「裏庭におられる」

「かたじけのうございまする」

頭を下げて賢治郎は、善養寺の裏庭へ出た。

「……しゃっ」

裏庭で厳路坊が棒を振っていた。六尺（約一・八メートル）はある棒を、厳路坊が軽々と扱っていた。

よく乾かした樫《かし》の棒は、太刀と当たれば折るほどの堅さを誇っている。もちろん、人を打てば、その肉を裂き、骨を割る。剣よりもはるかに長い間合いを持つ棒は、かなりやっかいな相手であった。

「どうした」

続けて型を使った厳路坊が動きを止めた。

「近くまで来る用がございましたので」

賢治郎は厳路坊へと近づいた。

「用は終わったのか」

「これからでございまする」

問われて賢治郎は答えた。

「こんな遅くにか。もう暮れ六つだぞ」

「お呼び出しを受けましたので」

「どこまで行く」

「谷中でございまする」

相手の名前を明かすわけにはいかない。賢治郎は、下屋敷のある地名を述べた。

「……そうか」

一瞬の間をおいて、厳路坊がうなずいた。

「遣ってみろ」

不意に厳路坊が、棒を賢治郎へと投げ渡した。

「棒をでございますか」

賢治郎は戸惑った。賢治郎は将軍の近くに仕えることを前提とした鍛錬を子供のころから課されてきた。江戸城から出ることのまずない将軍を守るには、小太刀が適していた。長い太刀を室内で振るえば、鴨居や柱、襖などにあたって動きが取りにくくなる。下手をすれば、守るべき家綱へ傷を負わせてしまうことにもなりかねなかった。

間合いの長さを利用する棒と、小さな動きを旨《むね》とする小太刀、まったく反するものであった。

「なにごとも経験だ。やってみよ。見ていたのだろう」

厳路坊が命じた。

師に言われれば、やらなければならなかった。賢治郎は棒を持ち直して、構えた。

「はっ」

大きく踏み出して、棒を下からすくい上げ、天を指す前に落とす。足を交差させながら、棒を水平に薙いだ。

「ふん。腰が浮いておる」

鼻先で厳路坊が笑った。

「得物の重さに引きずられておるな。得物は己の腕である。腕が重いという奴などおらぬであろう」

「はい」

「小太刀で敵の急所を刎《は》ねるだけなら、腰が入っていなくともよい。刃は触れるだけで斬れるからの。だが、重い得物は小太刀のようにすばやく扱えぬ。太刀や槍で首の血脈だけを狙うのは、困難である。重いものは、斬るのではなく叩く、突くつもりで扱え。軽い一撃に満足するな。いつも小太刀が手元にあるとはかぎらぬのだ。武芸とは、長いもの、重いもの、短いもの、軽いものを自在に扱えて初めてなりたつ」

「お教えかたじけのうございまする」

一礼して賢治郎は別れを告げた。

「では、刻限でございますれば。これにて」

「待て」

厳路坊が止めた。

「拙僧も行こう」

「どういうことでございましょう」

「谷中へ向かうのであろう。久しぶりに夜の江戸を歩くのもよいと思っただけじゃ」

賢治郎の問いに、厳路坊が答えた。

「先に歩け」

善養寺を出て、厳路坊が手を振った。

「よろしいので」

弟子は師の後を歩くのが礼儀である。

「勝手についていくだけじゃ。気にするな」

「では」

松平伊豆守との約束の刻限まで余裕がなかった。言い争わず、賢治郎は歩き出した。上野から谷中まではそう遠くない。歩き慣れた賢治郎なら、小半刻（約三十分）ほどであった。

「この辻《つじ》を左に曲がれば……」

ふと振り返ると、厳路坊の姿とはかなり離れていた。

辻を曲がり、松平伊豆守の下屋敷が見えたところで、賢治郎は殺気に包まれた。

「…………」

足を止めた賢治郎は、雪駄を脱ぎ捨てた。

「今夜は仕留める」

正面から浪人者が五人近づいてきた。

「おまえは……あのときの」

顔を見た賢治郎は、あの旗本襲撃のおり、不利になるやいなや仲間を見捨てて逃げ出した浪人者を思い出した。

「今宵は逃がさぬ。おい」

大山伝蕃が手で合図した。

「本当に残りの半金もらえるのであろうな」

浪人者が確認した。

「この場で払う。ここに持ってきておるでな」

懐を大山伝番が触った。

「それを聞いて安心した。おい。旗本をやって追われるより、こっちを片付けて金を奪ったほうが、ましだと思わぬか。ご一同」

問うた浪人者が、他の者へ提案した。

「なるほど」

「それは妙案。浪人者一人死んだところで、町方も気にせぬ。我らも旗本殺しとして、追われることはない」

浪人たちが納得した。

「な、なにをっ」

大山伝番が目を剝いた。

「後ろの連中が来る前にしてのけようぞ。さすれば、あいつらの分まで手に入る」

「うまい話じゃ」

言いだした浪人者の言葉に、背の高い浪人者が同意した。

「よ、よせ。儂を傷つければ、とあるお方が黙っておらぬぞ。そのお方と縁を持っていれば、先々、仕官も夢ではないぞ」

「そのときは、そのときで考える。我らにとって、先とは今夜の酒と女のこと。明日の夜明け以降は、また考えるさ」

浪人者が太刀を抜いた。

「くっ」

合わせて大山伝蕃も抜いた。

「そこの二人、儂につけ。この金を全部やるぞ」

大山伝蕃が、まだ太刀を抜いていない二人を勧誘した。

「ふむ。四人で割るより二人のほうが、もらうのは多いな」

誘われた二人が顔を見合わせた。

「おい、今さら裏切る気か」

最初の浪人が、あきれた。

「金のためだ。悪く思うな」

二人が太刀を構えた。

「おい」

同腹のもう一人に、最初の浪人が声をかけた。

「三対二か」

声をかけられた浪人が、頬をゆがめた。

「ならば、拙者も向こうにつくとしよう。一人分でも分け前が増える」

「こいつ……」

愕然とした最初の浪人が逃げだそうとした。

「行かせぬ」

つい先ほどまで仲間だった浪人が、斬りつけた。

「ぎゃっ」

逃げだそうとした浪人が倒れた。

「こいつの懐の金はあとで貰うとしてだ」

斬りつけた浪人が賢治郎を見た。

「最初の約束だからな。死んでもらおう」

「なにを考えている」

賢治郎はあきれた。

「犬でももう少しましだぞ」

「生きていくためには、泥水をすすらねばならぬ。武士の誇り、人としての尊厳、そんなもので腹が満たされるか」

浪人が言い返した。

「しゃっ」

二人のやりとりを見ていた別の浪人が、隙《すき》と見て賢治郎へ斬りつけた。

「…………」

無言で賢治郎は退いた。

「やるな」

浪人が笑った。

「生田《いくた》氏、右から。里山《さとやま》氏、左から、そして滝川《たきがわ》氏、正面から頼む」

大山伝蕃が、ようやく指揮を取り戻した。

「任せろ」

三人が拡がった。

賢治郎も脇差を抜いた。

「しゃっ」

生田が左から牽制した。賢治郎は誘いと見て動かなかった。

「……ちっ」

相手にされなかった生田が鼻白んだ。

「やああ」

里山が上段から斬りかかってきた。

「おう」

賢治郎は、その切っ先を脇差の峰で受けた。

「あっ」

小さな音を立てて、太刀の切っ先が折れ跳んだ。

太刀にとってもっとも重要なのが、切っ先三寸である。そこに日本刀の技術の粋が集められ、あの鋭い切れ味を生み出していた。それだけに極限まで研ぎ澄まされ、薄くなっている。そこを脇差とはいえ、峰で打たれたのだ。折れて当然であった。

「下がれ」

大山伝蕃が命じた。

切っ先のなくなった剣は、使いにくい。間合いがその分短くなるだけでなく、切れ味も大いに低下する。

「そこの死人の太刀を使え」

「おう」

言われたとおりに里山が下がった。

「……はっ」

下がろうとした里山へ、賢治郎は追撃をかけた。

「あっ」

里山が苦鳴をあげた。賢治郎の脇差が、里山の腰を貫いていた。

「こやつ」

滝川が、賢治郎へと太刀をぶつけてきた。

「なんの」

賢治郎は里山の腰に刺さったままの脇差を捨て、太刀を抜き撃って受けた。

夜のとばりに火花が散り、金気臭い匂いが漂った。

「ちいい」

防がれた滝川が、太刀を引き、重ねて撃ちこんできた。

「くっ」

無理な姿勢で一撃を受けた賢治郎は、体勢を崩した。

「やあ。やあ。やあ」

片手で受けている賢治郎の太刀を、何度も何度も滝川が叩いた。

「ぐっぐう」

賢治郎の左腕に負担がかかり、徐々に太刀が下がりだした。

「耐えられまい」

叩きながら滝川が笑った。

「いいぞ。やってしまえ」

後ろから大山伝蕃が煽った。

「…………」

叩かれながら、賢治郎は半歩退いた。

「ふん」

決めるとばかりに滝川が、力をこめて太刀を落とした。

「おう」

受け止めるように気合いを発した賢治郎が、不意に太刀から力を抜いた。

「えっ」

叩いた瞬間の手応えのなさに、滝川が驚き、力のこもった一撃は、そのまま地面へと食いこんだ。

「ぬん」

一歩踏みこんだ賢治郎は、滝川の左臑《ひだりすね》を蹴り抜いた。

「ぎゃああ」

大きな悲鳴をあげて、滝川が崩れた。臑を押さえて転がる。

「なにをやっている」

油断した滝川を大山伝蕃がののしった。

「生田」

「わかった」

二人が賢治郎へ近づいた。

「動けるだろう、里山。そのまま寝てて金がもらえると思っているのではないだろうな」

「……痛むのだぞ」

腰に刺さった脇差を里山が抜いた。

「金を貰った以上仕事をしてもらう。里山、そいつを黙らせろ」

「………」

無理矢理な動きで里山が立ちあがった。

「よ、よせ」

足を折られた滝川が、拒むように両手を前に出した。転んだときに手にしていた太刀は飛ばしてしまっていた。

「悪く思うな」

苦い顔をしながら里山が、太刀で滝川の胸を突いた。

「ひ、ひくっ」

肺を破られた滝川が、声ともいえないうめきを漏らして死んだ。

「仲間だろうに」

哀れみの目で賢治郎が見た。

「……仲間。裏切ったのにか」

酷薄な表情で大山伝蕃が返した。

「鬼め」

「悪鬼にならねば、浪人は生きていけぬ。寝ていても禄のもらえる旗本とは違うのだ。もし今、由井正雪が現れれば、拙者は喜んで与するぞ」

大山伝蕃が告げた。

「上様の天下に傷は付けさせぬ」

賢治郎は宣した。

「その前に、生きて帰れるかの」

笑った大山伝蕃が、賢治郎の後ろを見た。

「それにしても遅い。残りの連中は何をしているのだ」

大山伝蕃がいらだった。

「後ろにも人を配していたのか」

「合わせて十人だ。これだけいれば、いかに遣い手でも倒せる」

自慢げに大山伝蕃が言った。

「待ち人は来ぬぞ」

「誰だ」

「……師」

不意に響いた声に、賢治郎と大山伝蕃が反応した。

「まったく、このていどの罠くらい見抜かぬか。馬鹿弟子が」

厳路坊があきれた。

「罠……」

「まだ気づいておらぬのか。おぬしが訪ねようとしているのは、あそこ、松平伊豆守どのが下屋敷であろう」

「はい」

賢治郎はうなずいた。

「伊豆守は死の床にある。江戸の者ならば、誰でも知っていることだ。その伊豆守どのが、下屋敷へおぬしを招く。おかしいとは思わなかったのか」

「上屋敷ではできない密談かと」

たしなめられた賢治郎が言いわけした。

「普段ならばわかる。だが、伊豆守どのは、病に伏している。動けるはずなかろう。下屋敷までいけるなら、登城する。そういう御仁だろうが」

「……あっ。では、あの呼び出しの手紙は……」

「そやつが書いたものだろうな」

手にした杖《つえ》の先で厳路坊が大山伝蕃を指した。

「では、師は」

「弟子が騙《だま》されているのだ。救ってやらねばなるまい」

厳路坊が告げた。

「もっとも、浪人風体の者が手紙を持って来たならば、さすがに不審だ。そこはまともな身形の者を金で雇ったか……あるいは」

「あるいは……」

「後ろ盾がいるかじゃな」

先を促す賢治郎へ、厳路坊が続けた。

「ちっ。この坊主ごと片付けろ」

大山伝蕃が、太刀を抜いた。

「おうりゃあ」

歳老いた僧侶が組みやすいと見たのか、生田が襲いかかった。

「ふん」

厳路坊の杖が回った。地に着いていた先が、吸いこまれるように生田の顎を捕らえた。

「あがっ」

顎の骨を砕かれて、生田が気を失った。

「強い……」

里山が息を呑んだ。

「行け」

腰の引けた里山を大山伝蕃が急かした。

「賢治郎。後の二人くらいは片付けろ。これ以上年寄りを働かせるな」

「はっ」

首肯して賢治郎は前に出た。

「ちっ」

大山伝蕃が舌打ちをした。

すでに九人いた浪人たちは、腰に傷を負って動きの鈍くなった里山だけとなっていた。

「どうする」

里山が震えながら訊いた。

「一人ずつ片付けていくしかあるまい」

後詰めとばかりに、大山伝蕃が里山へ近づいた。

「坊主は手出ししないそうだ。一気に行くぞ」

「おう」

鼓舞された里山が太刀を上段に構えた。

「…………」

賢治郎は下段をとった。

上段の一撃は威の位と呼ばれるほど、気迫と力のこもったものとなる。対して下段の利点は、上段より相手の身体に近い。

「えいっ」

里山が気合いを発した。

「やあ」

応じて賢治郎は半歩前へ出た。合わせて里山も踏みこんだ。

「それっ」

不意に大山伝蕃が里山の背を押した。

「うわっ」

腰の傷で踏ん張りの利かない里山は、背後からの予想していない力に耐えられなかった。よろめいて賢治郎の前へ無防備な身体を晒《さら》した。

「悪く思うな」

大山伝蕃が背を向けて逃げ出した。

「二度目はない」

賢治郎は手にしていた太刀を投げつけた。

かつて旗本夜襲の一件でも、不利になったとたん、仲間を見捨てて逃げた大山伝蕃を賢治郎は警戒していた。

「えっ……」

己の腹から生える白刃に、大山伝蕃の足が止まった。

「熱い……冷たい……痛い」

腹の傷は、即死しない。だが、助からなかった。腹をやられると数日高熱を発し、身もだえ苦しんで死ぬことになる。

「な、なんで」

首だけで大山伝蕃が振り返った。

「他人を見送るばかりでは、業が溜まるだけぞ」

答えたのは厳路坊であった。

「人は誰であってもいつかは死ぬ。こればかりは将軍であろうが、庶民であろうが変わらぬ。生はせいぜい六十年、だが死後は無限に続く。その無限のときをどう過ごせるかは、生きているときになにを為《な》したかで決まる。そなたは、どうだ」

「生きていたい。それが業だというのか」

「他人の命のうえで生きて行くのはな。人一人、生きて行くだけならば、山に籠《こ》もって、山菜、木の実を集めるだけでもいける。だが、欲を求め、他人を踏み台にした生は、咎められねばならぬ」

厳路坊が手を合わせた。

「あと何日生きられるかわからぬが、もう飯も喰えまい。女も抱けまい。ゆっくりと思索することだ」

「くそっ。死んでたまるか」

大山伝蕃が背中の太刀を無理矢理抜いて、歩き出した。

「…………」

ちらと厳路坊が目を遠くへやった。

「あっ。えっ」

一人蚊帳《かや》の外になった里山が、戸惑っていた。

「そなたはどうする」

静かな声で厳路坊が問うた。

「…………」

里山が目の前にいる賢治郎を見た。

太刀を大山伝蕃へ投げた賢治郎は、無手であった。間合いは一間（約一・八メートル）もない。今、里山が太刀を突き出せば、賢治郎には抵抗する手段がなかった。

「言っておくが、馬鹿とはいえ弟子には違いない。殺されたなら仇討ちはするぞ」

厳路坊が告げた。

「見れば、腰の傷だけのようだ。養生すれば、生きて行くのに支障はなかろう」

「わかった」

里山がゆっくりと賢治郎から離れていった。

太刀を鞘に収めた里山が、死んでいる滝川の懐へ手を入れた。

「よせ」

柔らかい声で厳路坊が止めた。

「死人に金は要らぬであろう」

「たしかにの。だが、葬ってもらわねばなるまい。いかに生前悪鬼鬼畜の所業を為した者とはいえ、死ねば仏じゃ。朽ちるままにするというのは、かわいそうじゃ。しかし、墓穴を掘るにも、坊主に経をあげさせるにも金が要る」

不服そうな里山へ、厳路坊が告げた。

「死者の金を奪った者は、その葬儀をせねばならぬ。それが決まりじゃ。そなた、その者のために寺へ行き、埋葬の手配をしてやるか」

「……ちっ」

不服そうに厳路坊を睨みながら、里山が滝川から離れた。

「行け」

己の脇差、太刀を回収した賢治郎は、その刀身に付いた血脂を拭いながら手を振った。

「…………」

里山が背を向けた。

「師」

太刀と脇差の手入れを終えた賢治郎は、厳路坊の前で頭を垂れた。

「他人の命を奪う重さは十分に知っておるようだ。なれど、技と心はまだまだじゃ。しばらく寺で寝泊まりせい。お役目は務めさせてやるが、それ以外は修行に費やせ」

「はい」

賢治郎は首肯した。

「さて、死者の後始末をせねばならぬ。さすがに二人ではきびしい。賢治郎、松平伊豆守どのの下屋敷へ行き、人を頼んでこい」

「よろしいのでございますか」

「名前を使われただけとはいえ、伊豆守どのにかかわりのないことではない。下屋敷を巻きこんでおけば、話は伝わるであろう」

巌路坊が述べた。

「はい。では」

賢治郎は下屋敷へと駆けた。

「さきほどからのぞき見ていた奴は、逃げた男を追っていったようだ。忍か。敵意はなかったようだが……賢治郎を見張っていたか」

修験者こそ忍の原型だといわれている。僧侶というより修験者に近い巌路坊は、大峰山や羽黒山に籠もることもあり、野生の獣たちと出会うことも多い。すばやく気配を感じ取れなければ、命取りになりかねなかった。

「しかし、やすらかに眠れそうにないの、伊豆守どの。上様大事で、後事を託すに足りる人材を育成しなかった報いでござろうが」

離れていく弟子の背中を見ながら、厳路坊が嘆息した。

三

参勤交代で江戸に在府している者、定府の大名は、毎月朔日《ついたち》、十五日、月末の三度、登城し、将軍家へ挨拶をしなければならなかった。

「門前、他家の行列ございませぬ」

「供先を出せ」

紀州家上屋敷も頼宣の登城の準備に大わらわであった。

開かれた大門を二人の藩士が走り出ていった。二人は供先であった。供先は、行列の進む道順を前もって調べ、支障がないか、あるいは他家とかち合わないように調節する役目である。身分はさして高くないが、他家の供先と交渉することも多く、気遣いのできる者が選ばれた。

「供先が出たぞ」

上屋敷を見張っていた浪人者が、仲間と顔を見合わせた。

「よし、拙者は待ち伏せしている連中に報せる。貴殿は、後ろから襲う連中と合流してくれ」

「承知」

うなずき合った浪人たちが左右に分かれた。

代々伝わる槍を押し立て、見事な駕籠で進む登城行列は、江戸でしか見ることのできないものである。地方から江戸へ出てきた者は、かならず見物しに来るといっていい。

また江戸の城下では、大名行列と行き交おうとも、平伏しなくて良かった。かかわりのある大名や、故郷の領主などと出会った場合でも、膝をつけばいい。

朝の五つ（午前八時ごろ）という、江戸が動き出す刻限に、百をこえる大名行列である。それこそ、江戸城近くの道は、混《こ》み合うどころの話ではなかった。

「ご出立うううう」

大声で供頭が合図した。

「ええい」

槍持ちが唱和し、頼宣をのせた駕籠が持ちあげられた。

御三家の行列は老中以外に道を譲らなくていい。逆にそのあたりの大名は、頼宣と出会えば、道を譲るだけでなく、駕籠の戸を開けて一礼しなければならないのだ。当然、行列の足取りは遅くなり、主君に頭をさげさせることになる。場合によっては、あとで供先が叱責されかねない。

できる供先と呼ばれる者たちは、御三家や老中などとかち合いそうになれば、行列の足を止めさせたり、道順を変えたりの指示を出す。

このおかげで、頼宣の行列は、他の大名たちと行き会うこともなく、進むことができた。

「来たぞ」

紀州家上屋敷からの増援を考えた田中矢右衛門は、少し離れた四つ辻を襲撃場所として準備していた。

「鉄砲は」

「いつでも放てるぞ」

確認されて、鉄砲を持つ浪人が答えた。

「よし。最初は鉄砲で頼む。残りは、発射の音を合図に行く。供侍たちは相手にするな。駕籠に取り付き、一人一太刀突き刺せばいい。それを果たしたならば、逃げてくれていい。約束の金は、品川の廃寺広運寺《こううんじ》で渡す。目立たぬように。あと、今日の昼八つ（午後二時ごろ）までじゃ。もし、怪我などで間に合わぬ場合は、三日後、同じ場所で朝四つ（午前十時ごろ）から八つまで。それ以降は知らぬ」

　言い終えた田中矢右衛門が浪人たちから離れた。

「見ておるぞ。なにもせぬ者には金は払わぬ」

「わかっておるわ」

　浪人者たちが笑った。

「斬り取り強盗、武士のならいじゃ。わくわくするの」

「紀州家の殿さまを襲うか。我ら浪人となった者の苦労を知らぬやつに、思い知らせてやろう」

　口々に浪人たちが士気をあげた。

「禄で飼われている藩士どもなど、野にある狼の我らの敵ではない」

「おい」

　辻で見張っていた浪人が囁《ささや》いた。

「供先か。どうする」

「先へ行かせろ。ここで騒ぎを起こして気づかれては、まずい。せめて鉄砲の届くところまでは近づかないと」

鉄砲を持った浪人が、目立たぬように背を向けた。

供先たちの目は、行き会うであろう行列を探している。大名行列見学を装う浪人たちを気にとめることはなかった。

「来たぞ」

供先を見送った見張りの浪人が声をあげた。

「よし、辻にさしかかったところで、鉄砲を」

「わかった」

駕籠がちょうど辻にさしかかったところで、真横から狙うと計画されていた。主君の駕籠が撃たれれば、行列は動揺する。おそらく駕籠を止めて、安否を確認するだろう。そこへ辻の左右に分かれている浪人たちが襲いかかる。もし、駕籠を止めず、屋敷へ戻ろうとすれば、行列の後ろから来ている別働隊が足止めし、そこに襲撃隊が合流する。

「儂は剣術はからっきしだ。最初の約束通り、鉄砲を撃ったならば逃げさせてもらう」

火縄を装備しながら、鉄砲を持った浪人が宣した。

「ああ。逃げやすいように離れて撃っていいぞ」

襲撃を指揮する浪人が許した。

「そうさせてもらおう」

鉄砲を抱えて浪人者が、辻から離れていった。

「一同、行列から目を離すな」

「おう」

浪人たちが息を潜めた。

まず金の葵《あおい》の紋入りの挟み箱を担いだ中間が、辻にさしかかった。つづいて槍持ち、そして供する藩士たち、騎乗の組頭が進む。

「駕籠だ」

見張りの浪人が思わず口にした。

浪人たちが鯉口《こいぐち》を切って、銃声を待った。

「風はなし。距離は十五間（約二十七メートル）」

鉄砲を構えた浪人が、火口を開けた。あとは、引き金を落とすだけである。息を止めて、浪人が駕籠を狙った。

「させるか」

「えっ」

耳元で囁かれた鉄砲を持つ浪人が驚愕した。だが、それ以上声をあげられなかった。

鉄砲を構えたまま、浪人は喉を裂かれた。

「行くぞ」

「はっ」

喉を裂いた者だけではなかった。五名ほどが集まっていた。

「まだか」

駕籠が辻の中央にさしかかった。

「どうした」

いつまでも鉄砲の音がしないことにいらだった指揮役の浪人が振り向いた。

「な、なんだ」

目の前に忍装束がいた。

「気づかれていないと思ったのか。紀州家の行列には、供先の他に我ら根来衆が陰供をしているのだ」

「げっ」

あわてて指揮役の浪人が太刀を抜こうとしたが、遅かった。根来衆の忍刀が、あっさりと首根を刎ねていた。

「どうした……わっ」

後ろから不意打ちされた浪人は、何一つできずに殲滅《せんめつ》された。

「死体は放置しておけ。見せしめだ」

根来衆は悲鳴をあげさせる暇さえ与えなかった。

「はっ」

頭の命にうなずいて、根来衆が消えた。

「長門守よ」

頼宣が呼んだ。

「はっ」

駕籠脇を騎乗で供していた三浦長門守が応答した。

「どこの手だ」

静かな闘争に頼宣は気づいていた。

「一人最初に離れた者の後を付けさせておりますれば、わけなく知れましょう」

三浦長門守が告げた。

「そうか。でお髷番を襲った奴はわかったのか」

「逃げた浪人らしきは、浅草の果ての農具小屋で死んだそうでございますが、そこを訪ねた者がおりました」

「誰だ」

「新見備中守にございまする」

「甲府か」

頼宣が笑った。

「馬鹿だと思っていたが、付いている者まで愚かだったとはな」

「はい」

主君の嘲笑に三浦長門守が同意した。

「今さらお髷番を殺したところで、なんの意味もない。それこそ、家綱の怒りをかき立てるだけじゃ。大目付、目付を動員されて動きにくくなること必定。お髷番は排除するのではなく、その動きを見張るだけでいい。そうすれば、家綱の考えを知ることができる。松平伊豆が死に、阿部豊後が、幕政で手一杯の今、お髷番は、家綱にとって唯一の手足じゃからの。しかし、付け家老どもの質も落ちたわ。余のころは、皆、気迫も能力も執政に劣らぬ者ばかりであったがの。まあ、そのおかげで余は紀州に移されてしまったが」

駕籠のなかで頼宣が苦笑した。

「となれば、今のは館林だな」

「おそらく」

三浦長門守が首肯した。

「少しはものが見えるようじゃ。お髷番と会った余を排除に来るのだからな。ふむ。館林を先に潰すべきか。甲府は放っておいても問題あるまい」

頼宣が独りごちた。

「根来衆に準備をさせよ」

「ただちに」

「大奥はどうだ」

「三日に一度は、かよわれているそうでございまする」

「そうか。甲府を落としたあとで仕掛けさせる」

「はっ」

命を三浦長門守が受けた。

何度も家綱からの見舞いを受けていた松平伊豆守信綱だったが、ついに病は好転しなかった。

「これを……」

最後の力を振り絞って松平伊豆守は、一通の手紙をしたためた。

「どなたに」

病床についていた首藤巌之介が問うた。

松平伊豆守は、一月半ばに後事を託す老中たちへ長文の遺言を書いて渡している。世継ぎである輝綱にも口頭ながら、諸事について語っていた。もう、松平伊豆守が遺言を託す相手はないはずであった。

「深室へな。余の葬儀が済んだ後、渡すように」

松平伊豆守が、首藤巌之介へ命じた。

「…………」

大きく首藤巌之介が息をのんだ。

老中が小納戸の一人へ遺言を託すなどあり得る話ではなかった。

「これで儂のご奉公は終わった」

はっきりと隈の浮いた顔で松平伊豆守が息をついた。

「慶安《けいあん》四年（一六五一）に上様に先立たれて以来、家綱さまのお側に残って十一年。どれほどこの日を待ったことか」

松平伊豆守は家綱を名で、家光を上様と呼んだ。

「やり残したことがないとはいわぬ。だが、もうお許しいただけるであろう」

「お気の弱いことを」

首藤巌之介が励ました。

「大きな声を出すな。うるさいわ」

目を閉じて松平伊豆守が叱った。

「頼んだぞ、豊後。儂は先に上様のもとへ行く」

徐々に松平伊豆守の息が細くなった。

「殿、殿」

抱き起こさんばかりにして、首藤巌之介が呼んだ。

「……上様」

松平伊豆守最期の言葉であった。

「殿……」

首藤巌之介が両手を合わせて、主君を拝んだ。

寛文《かんぶん》二年（一六六二）三月十六日、徳川家光の小姓から立身を重ね、老中筆頭まで登りつめた松平伊豆守信綱が死んだ。寛永《かんえい》十年（一六三三）に老中となってから、じつに二十九年、死ぬまでその座にあり続けた。天草の乱、明暦の火事、慶安の変と幕府を揺るがすような大事に立ち向かい、二人の将軍を支え続けた忠臣は、最期まで幕府の行く末を案じていた。享年六十七歳、松林院殿乾徳全梁大居士と諡《おくりな》され、川越平林寺へ葬られた。

「そうか」

松平伊豆守の訃報を報された家綱は、大きく嘆息した。

「躬は、二度にわたり父を失った」

両の手を強く握って家綱が嘆いた。賢治郎は、家綱が涙をこらえていると理解した。

主君が家臣のために涙を流すのはよくなかった。一人のために流すのは、寵愛につながる。流すならばすべての家臣のためでなければならなかった。

「二人の父の遺志を引き継がねばならぬ。躬は天下を守る。頼むぞ、賢治郎」

家綱は、将軍親政への決意を新たにした。

「どのようになりと、お遣いくださいませ」

賢治郎は家綱の哀しみをそう言って受け止めた。

この作品は徳間文庫のために書下されました。

徳間文庫

お髷番承り候四

傾《けい》国《こく》の策《さく》

2012年4月15日 初刷
2019年11月20日 3刷

著者 上《うえ》田《だ》秀《ひで》人《と》
発行者 平野健一
発行所 株式会社徳間書店
東京都品川区上大崎三―一―一 〒141―8202
目黒セントラルスクエア
電話 編集〇三(五四〇三)四三四九
販売〇四九(二九三)五五二一
振替 〇〇一四〇―〇―四四三九二
印刷 本郷印刷株式会社
製本 ナショナル製本協同組合

ISBN978-4-19-893528-3 (乱丁、落丁本はお取りかえいたします)